반복되는 세계에서
언제나 사랑할게

김현호 지음

반복되는 세계에서 언제나 사랑할게

바른북스

하나의 별이 탄생하니
하나의 별이 져버렸다.

완벽한 어둠. 약간은
두려우면서도 설레는 느낌.
처음 맛보는 이 감각에 몸이 떨려왔다.

목차

제1장

너와 나의 X번째 만남

평소와 같은 나날이었다. 책을 보며 길을 걷고, 글자를 읽으며 횡단보도를 건너는. 시선은 오직 글자에만 집중되어 있기에 주변 상황은 전혀 살피지 못한다. 이 때문에 지금까지 살며 크고 작은 사건들이 여러 번 일어났다. 가만히 서 있는 가로등에 부딪히거나, 길을 걷는 사람과 만나 넘어지거나 하는 등에. 가장 큰 사건은 뚜껑이 없는 맨홀에 빠진 것이다.

그때 처음으로 책에서 눈을 떼게 되었다. 떼었다기보다는 애초에 물에 다 젖어 읽을 수도 없었지만. 그 순간 여러 가지 감정이 몰려왔다. 무엇보다 두려움이 가장 컸다. 이대로 발견되지 못하면 어떡하지? 라는 감정보다, 무엇도 읽을 수 없는 건가? 하는 두려움이.

다행히 구조는 빠르게 진행되었다. 애초에 내가 맨홀에 빠지는 것을 본 사람이 아주 많았다. 맨홀 관리자는 안전 펜스까지 치고 뚜껑을 열어뒀었다. 다만 책에 집중한 내가 그것을 보지 못하고 빠졌을 뿐이다.

그리고 깨달았다. 책이 물에 빠지는 것은 매우 위험하다고. 물에 젖은 책을 읽을 수도 없게 된다고. 그렇기에 이 사건이 일어난 후부터는 언제나 책을 코팅하고 다녔다. 물에 빠져도 책을 읽을 수 있게.

하지만 지금은 그 코팅이 아무짝에도 쓸모없을 것 같다.

그야,

- 빠아앙!!!

책에다가 두른 코팅이 달려오는 트럭을 막아 세울 수 없을 테니까.

이번에도 당연히 나의 실수다. 횡단보도 쪽 신호등의 색은 붉은색. 사람이 아닌 차가 다니는 시간이다. 그 영역에 침범한 나는 이런 사건이 일어나도 할 수 있는 말이 없는 것이다.

앞으로 한 번 더 눈을 감았다 뜨면 저 트럭이 나의 몸을 날려 버릴 것이다.

순간, 어린 시절 부모님과 나눴던 약속이 떠올랐다. 생각하기도 싫은 약속. 이게 주마등이라고 생각한 나는 쓸쓸하게 눈을 감았다.

얼마나 아플까. 최대한 고통이 없었으면 좋겠다. 그렇게 생각한 순간 발이 땅에서 떨어졌다. 마치 하늘을 나는듯한 기분. 아픔은 없었다. 그리고 죽음 또한.

"뭐지?"

꼭 감고 있던 눈을 슬며시 떠보았다. 트럭 운전자는 창문 밖으로 고개를 내밀며 화를 내고 있었다. 온갖 생각이 머리를 스쳐 지나갔다.

나에게 초능력이 있는 건가? 아니면 신이 날 가엽게 여겨서 살려준 걸까?

망상이 정도를 모르고 하늘 높이 솟구치고 있을 때.

"고맙다는 말 정도는 하지?"

뒤에서 누군가의 목소리가 들렸다. 자연스럽게 고개를 돌린 나는 그녀를 바라보았다.

새하얀 피부와 그에 반대되는 새빨간 입술. 눈, 코, 입이 어떻게 다 들어가 있는지 궁금할 정도로 작은 얼굴. 찰랑거리며 이쪽을 보라고 말하는 듯이 유혹하는 검은색의 머리카락.

지금까지 많은 여자를 본 건 아니지만 확실하게 말할 수 있다. 지금 눈앞에 있는 이 사람은 내가 만나봤던 그 누구보다 예쁘다는 것을.

이 사람은 예쁘다. 누구나 자신도 모르게 그 말을 내뱉을 정도로. 그러나.

"고마워."

관심 없다.

내 인생에 존재하는 것은 오직 책뿐이다. 다른 누군가가 들어올 자리 따위 존재하지 않는다.

다행스럽게 인도에 떨어진 책을 줍곤 툭툭 먼지를 털어냈다. 안쪽은 코팅 덕분인지 손상된 부분이 없어 보였다. 방금까지 읽고 있던 페이지를 열고 그 언저리에서 책을 다시 읽기 시작했다.

책을 읽는 순간, 세상이 조용해졌다. 방금까지 말하고 있던 저 사람의 소리도 더 이상 들리지 않게 되었다.

"자, 잠깐만! 너 나 모르는 거야?"

저건 무슨 자존심일까. 분명 그녀가 입은 옷은 나와 같은 교복이다. 그러나 3학년이나 있으며 학년마다 10개 정도의 반이 있는 학교에서 알고 있을 확률은 얼마나 될까. 설령 같은 학년이라 하더라도 반까지 같을 확률은 얼마나 될까.

"우리 같은 반이야."

…그렇다 하더라도 굳이 알고 있어야 할 이유가 있을까. 학교에서 입을 열었던 적은 선생님이 강제로 발표시킬 때밖에 없었다. 친구들과 대화한 적도 없으며 애초에 친구라고 할만한 사람도 존재하지 않는다.

아싸 중에 아싸, 저 사람이 나를 왜 알고 있는지 모르겠지만 나는 저 사람이 누구인지 모른다. 관심조차 가지지 않았다. 내가 관심 있는 것은 오직 책뿐. 그 이외의 것들은 어찌 되든 상관없다.

"…그래."

멈추어 섰던 발을 다시 움직이기 시작했다. 뒤에서 강렬한 시선의 눈초리가 느껴졌지만 무시했다. 다행스럽게도 집까지 걸어가며 위험한 사고는 일어나지 않았다. 사람과 부딪치지도 넘어지지도 않았다.

트럭과 충돌할 때는 오만가지 생각이 떠올랐지만, 살았으면 된 거 아닌가.

몇십 분 전의 일을 생각하며 바닥에 수십 권의 책이 들어 있는 가방을 내려놓았다. 쿵 하는 소리와 함께 가벼워진 어깨를 두어 번 돌려주었다.

옷장에서 옷을 꺼내 샤워실로 들어갔다. 머리부터 흐르는 따스한 물이 피곤해진 몸을 땀과 함께 씻어주었다.

코팅된 책들이 덕지덕지 붙어 있어 조그마해진 거울로 얼굴을 확인했다. 그 거울 안의 자신은 그 누구보다 많이 잘생겨 보였다. 동시에 그 소녀가 생각났다.

누구나 예쁘다고 말해주는 그녀도, 샤워하며 자신이 이쁘다고 생각할지를.

쓸모없는 생각이었다. 그녀와 나는 사는 세계가 다르다.

그녀가 사는 세계는 분명 꽃밭일 거다. 많은 사람이 그 꽃을 보기 위해 찾아오며, 또 예쁜 꽃을 그 정원에 심기도 하는.

그러나 내가 사는 세계는 도서관이다. 문이 굳게 잠겨진 도서관. 아무도 들어올 수 없다. 설령 들어온다고 하더라도 어떠한 말도 입 밖으로 꺼낼 수 없다. 이곳에는 그저 책을 넘기는 소리와 의자 끄는 소리, 그리고 종이책의 냄새만이 존재할 뿐이다.

졸졸졸 흐르고 있던 샤워기의 수도꼭지를 눌렀다. 샤워기를 아무 곳이나 집어던진 후, 옷과 함께 가져온 수건을 꺼냈다. 수건으로 한 곳 한 곳을 닦을 때마다 잡념이 하나둘 사라지는 듯한 기분이 들었다.

그 후 세제의 냄새를 듬뿍 담고 있는 옷의 냄새를 한번 맡은 다음 옷을 입었다.

헤어드라이어는… 사용하지 않았다. 한 손으로는 책을 읽기 힘들뿐더러 드라이기의 바람이 책을 계속해서 넘겨버리니까.

대신 선풍기에 등을 지고 앉아 머리를 말렸다. 이윽고 머리가 다 말려졌다는 것이 느껴졌을 때, 침대 옆 작은 크기의 전등을 제외하고 모든 불을 껐다.

벌써 11시다. 모든 날이 이랬다. 학교에 가 선생님의 꾸중을 들으며 책을 읽고, 수업이 끝나고는 문을 닫을 때까지 학교 도서관에 남아 있다. 사서 선생님은 언제나 저녁을 먹을 시간이 되면 내게 여분의 열쇠를 넘겨주고는 학교를 나선다. 그렇게 도서관의 문이 닫히면, 학교 앞 편의점에서 간단한 식사를 구매한다.

대부분 삼각김밥이나 샌드위치. 먹는다는 느낌이 아닌 배 속에 집어넣는다는 감각으로 식사한다. 1분도 채 걸리지 않는 식사. 식사가 끝났으면 모든 일정이 끝난 것이다.

집으로 돌아와 씻고, 잠을 청한다. 언제나 이것의 반복이다.

내일도 마찬가지일 것이다.

그렇게 침대에 옆으로 누워 책을 읽으며, 스스로 눈이 감기기를 기다렸다. 이윽고 나도 모르는 사이 눈이 감기고.

- 띠리링!!

시끄러운 알람 소리와 함께 새로운 날이 시작되었다.

세수하고, 밥을 먹고, 교복을 입고. 이제는 눈 감고도 할 수 있을 정도다.

모든 준비를 끝마치고 시계를 확인해 보니 7을 가리키고 있는 시침. 슬슬 나가야 할 시간이다.

우리 학교의 등교 시간은 8시 30분. 그러나 가는 길에 어떤 일이 생길지 알 수 없다. 그렇기에 언제나 7시, 아무리 늦어도 7시 30분에는 집에서 출발하기로 마음먹었다.

다행히 등굣길에서의 사건은 일어나지 않았다. 이렇게 되면 반에 가장 먼저 도착하는 것은 내가 될 것이다. 그렇게 반의 문을 열고, 불을 켜면 드디어 나의 하루가 시작되는 것이다.

그러나 오늘은 달랐다. 문의 손잡이가 보이지 않았다. 아니 책 너머로 살짝 보이는 곳엔 문 자체가 존재하지 않았다. 책과 함께 고개를 올리며 시선을 움직였다. 문은 사라진 것이 아니었다. 단순히 이미 열려 있던 것뿐이었다. 순찰하는 사람이 있기에 문이 열려 있었다면 닫았을 것이다. 그렇다면 누군가 자신보다 이 반에 먼저 도착했다는 것.

약간의 의문과 루틴이 깨진 것에서 나온 화남이 담긴 발걸음을 가지고 자리로 향했다. 어차피 이 분노를 표출할 수 있는 사람은 없다. 지금 할 수 있는 것은 책을 읽으며 이 감정을 조금이라도 가라앉히는 것뿐이었다.

　드르륵거리는 소리와 함께 의자에 앉았다. 책을 넘기는 소리는 그것만으로도 마음의 평화를 가져다준다.

　하지만 애석하게도, 그 평화를 깨는 존재가 나타나 버렸다.

　"1시간이나 일찍 오다니…."

　기억에 있는 사람이다. 애초에 어제 만난 사람이다. 같은 반이라고 한 것이 그저 거짓말이 아니라는 듯이 그녀는 당당히 내 앞에 서 있었다.

　당연히 무시했다. 그녀의 새하얀 피부의 핏빛이 살짝 보이는 듯한 느낌이 들었다. 그런데도 그녀는 묵묵하게 자신이 하고 싶은 말을 이어나갔다.

　"내가 내 소개를 할 줄이야…. 내 이름은 이서아라고…."

　보기 싫은 것은 두 눈을 감으면 된다. 그러나 듣기 싫은 것은 손을 귀를 막아야 한다. 책을 읽기에는 양손의 도움이 필요하기에 귀를 막을 수 없었다. 그렇게 관심도 없는 그녀의 자기소개가 계속되었다.

　자신은 어떤 부모에게 자라왔는지. 얼마나 귀여움을 많이 받아왔는지. 어떻게 지금까지의 인생을 살아왔는지. 사실상 자기 자랑이라고 봐도 무방할 정도였다. 결국 이 이상 그녀의 말을 듣고 있을 수 없던 나는 하나의 결단을 내렸다. 절대로 여성이라면 들어올 수 없는 곳.

　"화, 화장실이라니! 이건 아니지."

입구와 가장 멀리 떨어진 곳의 문을 열고 변기의 커버를 내린 다음 그 위에 앉았다. 약간의 소리가 들리기는 하지만 이 정도는 참을 수 있다. 그렇게 또다시 책의 페이지를 몇 번 넘기니, 어느새 밖에서 떠들던 소리는 더 이상 들리지 않게 되었다.

이미 망가질 대로 망가진 아침이었지만 이제부터라도 나만의 시간을 가질 수 있게 되었다. 중간에 일찍 온 학생들이 있었지만, 집중력은 흩어지지 않았다. 그렇게 조회 시간을 알리는 종이 울리고 나서야, 나는 화장실을 나설 수 있었다. 그러나.

"아앗, 죄송합니다."

습관적으로 입에서 나온 사과의 말. 책이 가리고 있던 부분에 누군가가 있었다. 나는 당연히 그 사람을 보지 못하고 왼쪽 발로 치고 말았다.

"대체 어떤 책을 읽길래 화장실에서 그렇게 오랫동안 있는 거야."

이서아의 목소리. 화장실 안에서 남자애들의 입에서 이서아의 이름이 언급되는 것을 들었다. 이제 와서야 그 이유를 알 수 있었다. 아무래도 그녀는 계속해서 화장실 앞에서 쪼그리고 앉아 있었나 보다.

"별로…. 재밌는 책은 아니야."

그런 그녀의 모습이 가여워서일까. 아니면 기특해서일까. 원래였다면 무시했을 말을 무심코 답하게 되었다.

동시에 그녀는 엉덩이에 묻은 먼지를 툭툭 털며 얼굴을 책에 가져다 대었다.

"《세상에서 가장 어려운 과학》…? 헐 벌써 이런 걸 읽는 거야?"

읽고 있는 것만을 따진다면 읽고 있다고 말할 수 있다. 그러나 이해하고 있다 물어본다면 단언컨대 아니라고 대답할 수 있다.

한 페이지에 모르는 단어가 수십 개 존재하니 그 단어들이 포함된 문장을 어떻게 이해하겠는가. 이 책을 이해하기 위해서는 천 번 만 번 반복해서 읽어야 할 것이다.

하지만 오히려 그렇기 때문에 이 책을 선택한 것이다. 천 번 만 번 어떤 책을 읽을지 고민하고 싶지 않기 때문에.

하지만 굳이 이 말을 입 밖으로 내뱉진 않았다. 어떤 이유가 있기에 그런 짓을 하는지 질문이 들어올 것이 분명했기에. 그렇기에 그저 고개를 살짝 끄덕이며 그녀의 옆을 스쳐 지나갔다.

하지만 우리는 같은 반이다. 남들이 본다면 오해할 만한, 그런 가까운 거리로 사뿐사뿐 걸으며 반에 도착했다.

익숙한 걸음으로 자리를 찾아 앉았다. 앞에서 아무 말도 들리지 않는 것을 보아 선생님은 아직 들어오지 않은 모양이다.

얼마 지나지 않아 선생님이 반에 들어오고, 언제나 같은 일상의 하루가 시작되었다.

딩동댕동, 수업의 끝을 알리는 종이 울렸다. 다른 반이라면 선생님이 오는 것을 기다려 종례를 받을 것이다. 그러나 우리의 담임 선생님은 아니었다. 종례를 하는 것은 그다음 날의 무언가 중요한 행사가 있을 때뿐, 다른 날에는 종례 없이 끝을 낸다. 오늘도 마찬가지.

종이 치자마자 분주하게 움직이는 같은 반의 다른 애들을 보며 한 손으로 가방을 쌌다. 집으로 가지는 않는다.

본관 5층에 있는 도서관에 갈 것이다. 복도에서 아무와도 부딪치지 않은 것을 보면 다른 반은 아직 종례가 끝나지 않은 모양이다.

얼마 지나지 않아 도서관에 도착했다. 주머니에서 예비 열쇠를 꺼내 사서 선생님이 앉아 있는 곳 책상 위에 올려놓았다. 계속해서 열쇠를 가지고 있어도 되지만 사서 선생님이 형식상 이렇게 행동하자고 했다. 별로 귀찮은 일도 아니기에 지키지 않을 이유는 없었다.

자리는 언제나 앉던 그 자리로 향했다. 구석에서 아무도 찾지 않는 장소.

햇빛은 구석진 자리까지 빛을 쏴주지 않고 바람은 이 자리까지 닿지 않는다. 시간이 지나면 구석에 청소되지 않은 먼지로 목이 퀴퀴하게 막힌다.

 이것이 도서관에 오는 대부분의 사람이 생각하는 이 자리에 대한 평가이다. 그러나 그들은 모른다. 방과 후에 이 자리가 어떻게 바뀌는지에 대해서.

 이 마법 같은 변신을 알고 있는 나만이 이 자리를 긍정적으로 평가하는 유일한 인물일 것이다.

 가방을 옆자리에 놓곤 새로운 책을 꺼냈다. 아까까지 읽던 어려운 과학책이 아닌 스토리를 가지고 있는 소설책.

 소설을 읽을 때만큼은 나만의 세상에 들어갈 수 있다. 아무에게도 방해받지 않을 수 있다. 아무런 고민을 하지 않아도 된다.

 그렇게 책의 첫 페이지를 넘겨, 목차를 확인하려고 했을 때.

 "뭐 해?"

 이제는 익숙하다 못해 질려오는 목소리가 들려왔다.

 이서아는 자연스러운 듯이 옆자리에 있던 내 가방을 옆으로 치우고는 그 자리에 앉았다.

 슬며시 보이는 그녀의 손에는 한 권의 책이 들려 있었다. 오전에 읽고 있던 그 어려운 과학책. 왜 그녀가 이 책을 들고 있는지는 의문이다.

 "이거 책 진짜 어렵더라. 반 정도밖에 이해 못했어."

 그녀는 한 번에 책의 내용을 이해하지 못하는 자신을 한탄하는 듯이 보였다. 그러나 나는 그녀의 발언에 깜짝 놀라지 않을 수 없었다. 지금까지 그 책을 50번 정도 읽었다. 2학기가 시작하고 50일 정도 지났으니 대략 맞을 것이다.

하지만 나는 인제야 그 책의 반 정도를 이해했다고 할 수 있다. 즉, 그녀는 나의 50일을 하루 만에 얻어간 것이다. 물론 그녀가 이 책을 제대로 이해했는지에 대해서는 검증이 필요해 보였다. 그러나 저렇게 당당하게 가슴을 펴고 말하는 것을 보면 거짓말이라는 생각은 자연스럽게 사라질 수밖에 없었다.

이때는 눈치채지 못했다.

책이 시야에서 사라졌다는 것을. 처음으로 그녀의 눈을 바라보았다. 갈색이 흐리게 섞여 있는 검은색의 눈동자. 눈만으로도 사람이 이렇게 아름다울 수 있다는 것을 처음 깨달았다.

"왜? 내 얼굴에 뭐 묻었어?"

아차! 그녀의 얼굴에 시선을 너무 집중했나 보다. 조금 붉어졌을 것이 확실한 볼을 숨기기 위해 얼굴을 책으로 가렸다. 다시 책이란 물체가 나의 시야를 가득 채웠다.

"뭐 안 묻었는데…."

그녀는 가방에서 손거울을 꺼내 얼굴을 확인했다.

이윽고 자기 얼굴에 아무런 이상이 없다는 것을 깨달은 그녀는 다시 손거울을 가방 안에 집어넣고는 책을 꺼내 읽기 시작했다.

아무 말도 없이, 고요하게.

이곳에서 들리는 것은 서로의 숨소리와 책을 넘기는 소리뿐이다.

왜인지 모르게 긴장되었다. 이곳에서 책을 읽는 것은 일상이었다. 거기서 한 명의 사람이 추가되었을 뿐인데 이렇게 긴장되다니.

안 된다. 지금 상태로는 책에 전혀 집중할 수 없다. 어떻게든 조치를 취해야 한다.

"책···. 재밌어?"

말을 건넸다. 대답하는 것이 아닌 먼저 말을 꺼냈다. '그날' 이후로 사람에게 말을 건 것은 이번이 처음.

그녀가 대답하지 않으면 어떡하지? 내 목소리가 작지는 않았나? 잡생각들이 머릿속을 휘저었다.

하지만 그 걱정은 금방 사라질 걱정이었다.

"흐음···. 모르겠어. 굳이 이런 책을 왜 읽는지."

당연하다. 저 책은 과학에 좋아 죽을 것 같은 사람이 아니라면 쳐다보지도 않을 책. 일반인인 그녀가 보기에는 지루하기 짝이 없는 책일 것이다. 한 번이라도 읽은 것이 대단할 정도로.

"그럼 이거 읽어볼래?"

두 번째 말은 자연스럽게 나왔다.

책상 위에서 하나의 책을 보여주었다. 옛날에 읽었던 책이다. 남자 주인공과 여자 주인공이 사랑에 빠지며 여러 고난을 헤쳐나가며 결국은 가정을 꾸리는 해피엔딩의 책. 분량도 그리 많지 않기에 초심자가 소설의 맛을 느끼기에는 최고의 책이라고 생각하고 있다.

"······."

약간의 침묵. 그녀는 잠시 고민하는 듯 보였다.

"한번 읽어볼게."

결국 그녀의 대답은 긍정. 나는 그녀가 보이지 않게 가슴을 쓸어내렸다. 찰나의 침묵 동안 상상한 그녀의 차가운 태도에서 한기가 느껴졌다. 다행히 그 한기가 몸을 얼려버리기 전에 그녀가 긍정의 대답을 해주었기에 얼어버리지는 않았지만.

그녀는 나의 손을 거쳐 잡고 있던 책을 가져갔다. 표지에 적혀 있는 제목을 보고 그림을 보는 듯 보였다. 그러고는 크게 숨을 내뱉고는, 두꺼운 표지를 넘겼다.

목차를 하나하나 천천히 읽고 있는 그녀의 모습에는 진지함이 느껴졌다.

그러나 이 이상으로 그녀를 쳐다보는 것은 민폐라고 느낀 나는 고개를 돌려 다시 내 책을 읽기 시작했다.

지금 읽고 있는 책은 곧 있으면 클라이맥스 부분으로 들어갈 것이다. 결말 부분은 책의 페이지가 특히 더 빨리 넘어가기에 한 글자도 놓치지 않기 위해 모든 집중력을 쏟아부었다.

그렇게 20분 정도 지났을까. 숨을 길게 내뱉으며 책을 닫았다. 뒷부분에 쓰여 있던 반전 로맨스라는 의미를 알 수 있는 시간이었다. 하지만 아직 이 책은 한 번밖에 읽지 못했다.

적어도 같은 책을 세 번은 읽어야 읽었다고 할 수 있다.

스토리를 알아보기 위해 읽고, 떡밥을 찾기 위해 읽으며, 작가가 숨겨둔 재미 요소나 디테일을 찾으며 읽는다.

이렇게 하지 않으면 책을 읽었다는 느낌이 나지 않는다.

그전에 잠시, 의자를 뒤로 빼고 팔을 쭉 뻗으며 기지개를 켰다. 육체적인 피로가 한순간에 사라지는 기분이 들었다. 물론 아니겠지만.

그러며 겸사겸사 옆에 있던 이서아를 힐끗 쳐다보았다. 그녀가 책을 얼마만큼이나 읽었는지. 그 과학책을 하루 만에 다 읽은 그녀라면 이 정도 책은 벌써 다 읽었을지도 모른다.

그렇게 생각하고 바라보았던 그녀의 책상에는 엎드려 자는 그녀와 이제 막 1장이 들어간 부분에서 멈춰 있는 책이 있었다.

그녀에 대한 평가가 한순간에 바닥으로 내려갔다. 그녀라면 책의 즐거움을 같이 나눌 수 있다고 생각했다. 그녀라면 '그날' 이후로 희망이 없어진 나에게 희망이 되어줄 것이라고 생각했다.

그러나 아니었다. 그녀도 결국 책을 싫어하는 사람 중 하나였다. 실망했지만 상처받지 않았다. 애초에 상처받을 곳은 더 이상 남아 있지 않았으니까.

자는 그녀를 내버려두고는 다시 한번 책을 읽기 시작했다.

그녀가 베개로 사용하고 있는 책은 나중에 회수해도 되는 문제다. 이후로 그녀에게 눈을 돌리는 일은 없을 것이다.

그렇게 생각하고 있었다.

"서준아, 열쇠 옆에다 두고 갈게."

계속해서 시간이 지나고, 떡밥을 찾으며 기뻐하고 있을 무렵. 사서 선생님이 열쇠를 가지고 오셨다. 나는 간단하게 고개를 끄덕거리며 책에서 시선을 떼지 않았다.

"그나저나 이 친구는 누구야? 자는 거야?"

아마 이서아를 말하는 거겠지. 이번에도 고개를 끄덕거렸다. 그러나 사서 선생님은 무언가 이상하다는 듯이 말했다.

"정말 자는 거 맞아?"

다시 한번 고개를 끄덕거렸다.

그러나 사서 선생님의 끈질김은 멈추지 않았다.

"그렇다고 하기에는 뭔가 상태가 이상한데, 정말 맞지?"

순간 사서 선생님을 바라보며 소리쳤다.

"맞다니까요!"

동시에 나의 시야에는 이서아의 모습이 들어왔다.

…평온하지 않은 그녀의 엎드려 있는 모습이.

붉은 홍조가 강하게 떠 있는 그녀의 얼굴, 숨 쉬기 벅찬 듯이 헉헉거리는 숨소리. 그리고 이마에서 흐르는 조그마한 물방울.

그녀가 정상적이지 않다는 것은 한눈에 파악할 수 있었다. 이런 상황에서 어떻게 행동해야 하는지는 머릿속으로 충분히 알고 있다. 그러나 몸은 이성적으로 움직이지 않았다.

흔히 말하는 패닉 상태. 어떡하지? 라는 의문만이 머릿속을 지독하게 공격하고 있었다.

다행히 우리의 옆에는 선생님이 있었다. 선생님의 행동은 내가 패닉에서 빠져나오기도 전에 움직였다. 불구덩이처럼 뜨거운 이시아를 업고 달려갔다. 머릿속이 새하얘졌지만 지금 해야 할 일은 대충 알고 있었다.

"따라갈게요!"

가방을 챙겼다. 내 것과 이서아의 것. 책이 가득 든 가방과 아무것도 들지 않은 가방. 각각의 어깨에 멘 밸런스 맞지 않은 가방이 걸음을 힘들게 만들었다. 다행히 같은 층에 도착해 있는 엘리베이터 덕분에 금방 1층까지 내려갈 수 있었다.

1층에 내려와 선생님은 나에게 이서아를 넘겨주었다. 넘겨주었다는 표현은 이상하지만, 아무튼 선생님이 차의 문을 여는 동안 이서아는 내가 들고 있게 되었다. 다행히 이서아는 그리 무겁지 않았다. 체감상 내 가방이 그녀보다 더 무겁게 느껴졌다.

"여기 눕혀."

이윽고 선생님은 차의 문을 열어 뒷좌석을 편하게 누울 수 있도록 최대한 젖혀놓았다. 나는 그곳에 이서아를 조심스럽게 눕혔다.

"어디 가? 너도 가야지."

선생님은 운전석에 앉으며 당연하다는 듯이 말을 했다. 내가 가도 되나? 이런 생각이 들었지만 가지 않는 것이 더 이상하다고 생각했다. 아무튼 가장 마지막까지 그녀와 있던 사람은 나이니까.

선생님은 조수석에 타려고 했던 나를 막아 세우고는 이서아의 옆에 타게 했다. 잠깐이라도 둘이 같이 있으라면서.

왜인지 이해는 할 수 없었지만, 그냥 알겠다고 하며 뒷좌석에 올라탔다.

얼마나 지났을까. 학교 근처 분식점이 아닌 거대한 건축물이 있는 도심으로 들어왔다.

그때 지금까지 아무 말도 하지 않던 선생님이 입을 열었다.

"요즘도 그러냐?"

정확히는 계속해서 책을 읽고 있는 나를 배려해 아무 말도 꺼내지 않은 것이다. 사서 선생님은 '그날'을 알고 있는 몇 안 되는 사람 중 하나이다. 그렇기에 아무 말 하지 않은 채 넘어간 것이 분명하다. 다른 선생이었다면 왜 옆자리의 친구가 이런 상태가 되도록 놔두고 있었는지 뭐라 했을 것이다.

"네…."

나는 조용히 답했다. 자신밖에 들리지 않을 정도의 목소리로. 그러나 선생님은 이 소리를 들은 것인지 다음 말을 이어나갔다.

"오늘은 마법을 못 봐서 아쉽겠구나."

"괜찮아요."

아쉽지 않다고 하면 거짓말이다. 그러나 괜찮냐고 물어본다면 괜찮다고 답할 것이나. 오늘 못 보더라도 당장 내일이 오면 볼 수 있다. 계획이 깨진 것에 대해서는 불만을 가지고 있지만 그게 쓰러진 사람을 무시할 정도로 큰 불만을 주지는 않는다.

"그래, 그럼 다행이구나. 아 이제 도착했구나."

그의 말대로 병원이라고 상상도 못 할 정도로 웅장한 건물이 우리를 맞이하고 있었다. 십자가 표시와 병원이라는 이름이 없었다면 절대로 병원이라고 상상하지 못할 것이 틀림없었다.

"그럼 따라서 올 거냐?"

조용히 고개를 끄덕였다. 애초에 여기까지 오면 혼자 집으로 돌아가는 것도 큰일이다. 그걸 알면서 물어본 선생님은 악질이라고 할 수 있지만 어떻게 보면 나의 선택을 존중해 준 것이라고 볼 수도 있다.

가방은 차 안에 둔 상태로 이서아를 업고는 병원 안으로 들어갔다. 선생님이 미리 연락을 해놓은 것인지 기다림 없이 바로 진료를 볼 수 있었다. 게다가 왜인지 모르지만, 의사는 나에게 그녀의 상태를 알려주고 싶은 듯이 보였다.

거절하기도 애매했던 나는 선생님과 함께 진료실로 들어갔다.

그리고 나는 그곳에서 커다란 충격을 받을 수밖에 없었다. 나와는 정반대의 인생을 살아가고 있는 그녀, 이서아가 가지고 있는 병에 대해 듣고는.

*

"상상을 할 수 없는 병이라…."

의사에게 들은 이서아의 병은 가히 충격적이라고 말하기에 충분했다.

아판타시아 증후군, 상상을 할 수 없게 만드는 무시무시한 병이다. 하지만 그녀의 병은 그것에서 멈추지 않았다.

그녀는 상상해서는 안 된다. 상상하는 것은 절대 허용되지 않는다. 그녀는 언제나 현재에 살 수밖에 없다.

"으음…. 병원인가?"

그때 침대 위에 누워 있던 이서아가 피곤한 눈을 비비며 몸을 일으켰다. 그녀는 자연스럽게 침대 뒤 벽면에 붙어 있는 호출 벨을 2번 눌렀다. 아직 나를 발견하지 못한 모양이다.

"괜찮아?"

나름의 배려였다. 혼자 있다고 생각하면 어떤 창피를 보일지 모르니까.

"어, 어? 옆에 있었어?"

"응."

이후 이어지는 약간 긴 시간의 침묵. 서로가 서로에게 무슨 말을 해야 할지 모르기 때문이다.

"있잖아…."

"그게…."

침묵은 두 명에 의해서 동시에 깨졌다. 이서아는 "먼저 말해."라고 말하며 이불을 목 위까지 끌어올렸다.

"왜 읽은 거야?"

"들었구나."

그녀는 머리를 긁적이며 멋쩍게 웃음을 보였다. 아무에게도 들키고 싶지 않은 자신의 치부를 들켜 생기는 창피함과 자신의 비밀을 공유할 수 있는 사람이 생겨 기쁘다고 생각하는 그런 웃음.

나는 다시 한번 물어보았다.

"왜 읽은 거야?"

그녀는 눈을 감으며 차분하게 말을 시작했다.

"처음이었거든…. 나를 모르는 사람이 있다는 게."

지금까지 살아왔던 세상에서는 모두가 자신을 알았다. 그게 당연한 줄 알았고 세상의 이치인 줄 알았다. 그러나 자신을 모르는 사람인 내가 나타났다고 한다.

호기심이 생겼다. 어떻게든 나에 대해서 알고 싶었다. 그래서 책을 읽은 것이다. 사람이 가장 가깝게 친해질 수 있는 방법은 공통된 취미를 공유하는 것이므로. 그렇기에 이런 일이 일어날 것을 알고도 도전한 것이었다.

어안이 벙벙했다.

대체 내가 뭐길래. 무슨 이득이 있다고 저런 행동을 하는 것일까. 나로서는 절대 이해할 수 없었다.

그러나 그녀 나름대로 생각이 있을 것이었다. 내 생각을 강요할 생각은 없었다. 강요하고 싶지도 않았다. 그 행동이 어떤 결과를 불러들일지 모르기 때문이었다.

그저 아무 말도 하지 않고 조용히 눈을 감았다. 지금 책 따위가 중요한 것이 아니었다. 그런 그녀의 마음을 어떻게 받아들여야 하는지 생각할 뿐이었다.

내가 그녀에게 관심을 주는 것으로 끝이 나는 그런 간단한 마음이 아니었다. 아직 그녀를 알게 된 지 이틀밖에 되지 않았다. 하지만 그녀에 대해 알 수 있는 것은 있었다.

그녀는, 자신이 얻고 싶은 것은 어떻게든 얻어낼 것이었다. 방법과 수단을 무시하며, 어떻게든.

"돌아가자."

그때 의사와 함께 사서 선생님이 올라왔다. 의사는 내가 앉고 있던 자리에 앉았으며 사서 선생님은 나를 데리고 밖으로 데려나갔다. 이서아는 오늘 병원에서 잔다고 했다. 마침 내일은 주말. 학교에도 가지 않으니 딱히 상관은 없을 것이다.

"감사합니다."

단순하게 감사 인사를 전하고는 조수석에 몸을 올랐다. 슬며시 곁눈으로 쳐다본 선생님의 얼굴은 왜인지 미소를 머금고 있었다.

"무슨 좋은 일이라도 있으세요?"

"어? 내 얼굴 본 거야?"

"아…. 그렇네요?"

자연스럽게 그의 얼굴을 확인했다. 평소였다면 신경도 쓰지 않았을 부분. 하지만 어째서인지 자연스러운 듯한 움직임으로 그를 관찰했다.

그가 어떤 표정을 짓고 있는지.

그가 한 손으로 핸들을 잡는지 두 손으로 핸들을 잡는지.

안전벨트를 미리 매는지 아니면 신호음이 들려야 매는지.

지금까지 보지 못했던 여러 풍경이 보여왔다. 시야를 방해하고 있는 것은 없었다.

"역시, 너한테 서아의 병을 말해준 건 좋은 선택이었어."

"예전부터 알고 있었군요."

뭐 선생님이 이서아의 병을 알고 있는 건 이상하지 않았다. 애초에 내 옆에서 의사의 말을 같이 들었으니까. 하지만 예전부터 알고 있었다는 것은 조금 의외였다.

이서아의 성격상 이 병을 자기 입으로 남에게 말하고 다닐 것이라곤 생각할 수도 없었다.

"아 그거? 서아 아빠랑 옛날부터 친구였거든."

"아버지랑요?"

"응, 아까 만났잖아."

아까 만났다니. 대체 어디서 만났다는 것일까. 기억을 천천히 되돌려 봐도 이서아의 아버지로 보이는 인물은 보이지 않았다.

"내가 말 안 했었나? 아까 그 의사가 서아 아빠야."

조금은 가벼운 분위기를 가지고 있던 의사. 많아봤자 30살 언저리라고 생각한 나는 그 사람이 이서아의 아버지일 수도 있다는 가능성을 완전히 배제하고 있었다.

그렇다면 그의 이상한 행동도 이해가 갔다. 병명을 가족도 아닌 사람에게 말하는 그런 이상한 행동. 무언가 마음이 석연치 않았건만 선생님의 말로 인해 모든 것이 해결됐다.

둘이 부녀 관계라면 이서아가 자신의 아버지에게 말했을 가능성이 높다. 자신을 무시했던 사람이 있다고. 이서아는 나의 이름을 알고 있었으니 그가 내 이름을 알고 있는 것도 그리 이상한 일은 아니다. 하지만 병이 있다는 것을 알려준 것은 누구의 의지인지 모르겠다.

대놓고 둘에게 가서 누구의 판단으로 했는지 물어보기도 애매할뿐더러 이 행동이 민폐가 된다는 것은 누구보다 잘 알고 있었다. 그렇기에 적당히 두 명이 타협해서 선택한 결과라고 생각하기로 했다.

그게 마음이 편하기도 하고.

"도착했다."

그렇게 시답잖은 대화를 주고받으니, 어느새 익숙한 풍경이 눈앞에 들어왔다. 처음이었다. 책이 아닌 대화를 하면서 시간을 보낸 것은. 이것이 긍정적일 수도 있고 부정적일 수도 있지만, 최소한 나는 이것을 긍정적으로 평가했다.

이렇게 지나가면 '그날'에 대한 기억도 점점 옅어질 것이라는 희망을 품으면서.

"조심히 들어가세요!"

창문 너머로 허리를 숙이며 인사했다. 시간도 항상 집에 왔던 시간과 같다. 노린 건지 아닌지 모르지만 하여간 대단한 선생님이란 것에는 부정할 수 없었다.

덕분에 뭘 할지 고민하지 않아도 됐다. 밥은 아까 차에서 먹었으니 이제부터는 어제와 같은 스케줄을 보내면 되는 것뿐이었다.

그렇게 몸을 씻고, 침대에 누웠다.

방에 있는 모든 전등 스위치를 눌렀다. 켜져 있던 모든 전등이 꺼졌다. 완벽한 어둠. 약간은 두려우면서도 설레는 느낌. 처음 맛보는 이 감각에 몸이 떨려왔다.

*

으으…. 언제나 기지개를 켜며 하루를 시작했다. 1인 입원실은 과장 조금 보태 5성급 호텔 정도의 편안함을 가지고 있었다. 정확히 말하자면 이서아 본인의 입원실만 그런 것이었지만, 이서아가 그걸 알 방법은 없었다.

이서아는 침대에 걸터앉아 잠시 어제 일어났던 일을 회상했다.

순간 부끄러운 감정이 전신에 흘러 퍼졌다. 어제는 상태가 좋지 않았던 것이 분명했다. 그야 관심이라니…. 이성에게 관심을 갖고 싶다고 말하는 것, 이게 고백이 아니라면 대체 무엇이냐 말인가.

그러나 이서아의 감정은 절대 좋아한다는 이름을 가지고 있지는 않았다. 물론 조미료 정도의 양은 포함되어 있을 수 있었다. 하지만 독서준에 대한 이서아의 감정의 대부분은 호기심. 그 이상 그 이하도 아니었다. 솔직히 말해 어제 깨어난 순간, 독서준이 옆에 앉아 있지 않았더라면 그를 잊었을 것이다.

물론, 일부러 잊어버리는 것이 쉽지 않다는 것을 알고 있었다. 하지만 이미 상상이라는 본능적인 행동을 내쳐버린 이상, 겨우 사람 하나 잊는 게 어려울 리 없었다.

이서아는 조금은 붉어졌을 자신의 볼을 감추고는 침대에서 일어섰다. 옷장으로 향하기 위해서. 이런 생각이 나는 것도 모두 환자복을 입고 있어서이다. 그렇게 생각했기 때문이다.

그러나 옷장을 연 순간, 이서아는 탄식을 내뱉을 수밖에 없었다.

"맞다, 다 집에다가 갖다 놓았지."

초등학생 때는 이 병을 부정하고 싶어 계속해서 상상을 이어 나갔으며, 중학생 때는 상상하는 것을 어떻게 멈출 줄 몰라 언제나 이 병원에서 깨어나고 잠들었다.

그러나 고등학교에 와서는 그런 일들이 대부분 사라졌다. 자신이 가진 병을 인정했으며, 상상하지 않는 법을 터득했다. 그렇기에 더 이상 오지 않을 거라 다짐했고 이 병실의 모든 것을 집으로 가져갔었다. 이런 일이 또다시 생길 줄 전혀 예상하지 못한 채.

그렇기에 어쩔 수 없는 선택을 해야만 했다.

[나 옷 좀 가져다줘.]

자신의 아빠, 이동재에게 연락하는 것. 객관적으로 보면 둘의 사이는 나쁘지 않다. 아니 오히려 다른 부녀보다 더 좋을 것이다. 그러나 왜인지 연락하는 것이 껄끄러웠다. 서로 얼굴을 보며 대화하는 것은 즐겁기만 하다. 그러나 이러한 텍스트로 말하는 것은 전혀 즐겁지 않았다. 그렇기에 이서아는 겨우 옷을 가져다 달라는 이야기를 메시지로 말하는 것에 거부감을 가지고 있었다.

[옷 필요해?]

[알겠어! 당장 가지고 갈게!!]

아버지는 아닌 듯이 보였지만. 그의 모습은 보이지 않는다. 그러나 분명 방긋 웃는 표정으로 옷을 가져올 것이다. 그는 어째서인지 모르지만, 항상 차 안에 여성용 의복을 가지고 다녔다. 평소에는 별생각이 없었지만 이럴 때만큼은 그런 그의 배려가 감사하게 느껴졌다.

아마 그는 이미 병원에 와 있을 것이다. 집에 누군가가 있는 것도 아니며 찾는 사람이 많은 직업 특성상 집보다 병원에 있는 시간이 더 많으니까.

그러니 5분 정도면 이 방에 들어올 것이다. 무언가 이상한 부분은 없는지 전신 거울 앞에 서서 다시 한번 확인했다. 딱히 이상한 부분은 없었다. 빨리 옷을 갈아입고 싶은 것을 제외한다면.

– 똑똑똑.

그때 누군가가 방문을 두들겼다. 평소의 이동재라면 몰래 들어와 서프라이즈라며 놀라게 했을 것이다. 그렇게 놀래면 언제나 이서아는 그에게 화를 내고. 옛날부터 그래왔다. 하지만 고등학생이 돼서일까? 그는 조심스럽게 노크하며 문을 열었다.

"어…? 어, 뭐야 왜 너가 여기 있어."

문 앞에 서 있는 것은 기대하고 있는 것이 아니었다. 옷을 기대하고 있었다면 분명 그의 손에 옷이 들려 있긴 하다만…. 옷을 들고 있는 사람이 어딘가 이상했다.

"괜찮은지 보러왔지."

전혀 예상하지 못했다. 독서준이 이곳에 올 것이라고.

- 쾅!

강하게 문을 닫았다.

왜일까. 왜 심장이 이리 빨리 뛰는 걸까. 무의식적으로 상상을 해버린 것일까? 이서아는 자기 가슴을 쓸어내리며 천천히 숨을 들이마셨다. 빠르게 달리고 있던 심장이 원래의 상태로 되돌아왔다. 그러곤 다시 문을 열었다.

"옷 내놔."

어이없게도 독서준은 책을 읽고 있었다. 사실 아까 문을 열었을 때도 책을 읽고 있었다. 단지 그가 이곳에 있는 것에 놀라 문을 닫은 것이었다.

독서준은 책에서 눈을 떼지 않은 상태로 왼팔을 내밀었다. 종이 가방 안에 담겨 있는 옷을 가져간 이서아는 다시 쾅! 하고 문을 닫았다.

그렇게 얼마나 지났을까. 이서아가 조심스럽게 문을 열었다. 닫을 때와는 반대되는 모습.

"들어와."

일단 독서준도 이서아의 상태가 걱정되어서 여기까지 온 것이다. 그런 상대를 내쫓을 만큼 이서아는 악독하지 않았다. 최소한 차 한잔이라도 대접하는 것이 이서아가 생각하고 있는 최소한의 인간성이었다.

"아, 고마워."

"그거 다 마시면 여기서 나가."

"다행이네, 나 뜨거운 거 못 마시거든."

"으으…."

다시 말하자면 차 한잔을 마신 사람 상대로는 어떻게 대하든 이서아 마음대로라는 것이다. 그러나 하필 뜨거운 물에 차를 타 와 독서준은 이곳에 오랫동안 머무를 수밖에 없게 되었다.

독서준은 책을 절대 놓지 않은 채로 한 모금, 차를 음미했다. 그에게 있어선 처음 맛보는 신세계. 지금까지 물이면 충분하다고 생각했던 그의 생각을 완전하게 바꿔주는 한 모금이었다.

그렇게 뜨거운 것을 못 먹는 사람이 맞은 것인지, 순식간에 컵 안에 있던 차가 사라졌다. 독서준은 살짝 아쉬웠지만 어쩔 수 없었다. 이 방의 주인이 한 잔만 먹고 나가라고 했기에.

"움직이는 거 보니까 괜찮아 보이네. 그럼 월요일에 보자."

컵을 조심스럽게 내려놓고는 의자에서 일어났다. 하지만 이서아는 그런 독서준의 어깨를 눌러 다시 의자에 앉혀버렸다.

"왜? 나가라면서."

"아직 남았잖아."

독서준은 분명 이서아가 준 만큼의 차를 모조리 마셔버렸다.

그런데 더 남아 있다니? 독서준은 궁금하다는 얼굴을 띠고서는 이서아를 바라보았다.

이서아는 아무 말 하지 않고 냉장고를 가리켰다.

"이거, 시원한 게 더 맛있거든. 아직…. 뜨거운 것도 남아 있고."

독서준은 조용히 가방을 내려놓고는 방금까지 읽던 책을 다시 읽었다.

독서준의 심장도 살짝 빠르게 뛰기 시작했다. 아마 저 맛있는 걸 한 번 더 먹을 수 있기 때문일 것이다.

"이거 읽어."

독서준은 맞은편에 앉은 이서아에게 한 권의 책을 추천했다. 그가 바라본 이서아는 절대 책을 싫어하지 않았다. 오히려 좋아하면 좋아했지 싫어할 일은 절대 없었다.

"무슨 책인데?"

이서아는 독서준을 믿었다. 자신의 병을 알고 있는 독서준이 스토리를 가지고 있는, 상상을 해야 하는 책을 가져오지 않았을 것이라고. 만약 소설책이라고 하더라도 자신이 안 보면 그만이었다. 다만 독서준에 대한 신뢰는 많이 낮아지겠지만.

"이거…. 어제 읽었던 거잖아."

"응, 어제 읽은 거 맞아."

독서준은 자신의 병을 아는 세 번째 사람이었다. 친한 친구에게도 밝히지 않은 병이었다. 지금 저 책을 자신에게 준다는 것은 다시 한번 자신이 쓰러지는 것을 보고 싶다. 그런 의미로밖에 들리지 않았다.

실망했다. 그리고 서러웠다. 자신의 판단에 대해, 그리고 독서준에게 품은 희망에 대해.

또르르륵. 알갱이 같은 눈물이 볼을 타고 흘러내렸다. 조그마했던 물방울은 어느새 홍수처럼 격하게 쏟아져 책상 위에 있는 책이 다 젖어버릴 듯이 보였다.

"자, 잠깐만. 그런 의미가 아니야!"

독서준은 이서아에게 주려고 했던 책을 자신의 품으로 빠르게 회수했다. 봐라, 독서준에겐 울고 있는 여자보다 책이 더 중요한 것이었다. 어차피 전부 코팅되어 젖지도 않는 책을.

"얘는 시간 없어서 코팅 못 했단 말이야!"

거짓말이었다. 어제 책을 받았을 때는 첫 페이지부터 마지막 페이지까지, 모든 것이 깔끔하게 코팅되어 있었다. 지금 독서준이 하는 말은 단순한 변명일 뿐이었다. 그렇게 생각한 이서아는 양손으로 잡고 있는 책을 바라보았다.

…무언가 이상했다. 어제 봤던 그 책이랑 무언가가 달랐다. 앙상했다. 200페이지 정도 있었던 그 책은 단순히 보더라도 20페이지 정도밖에 보이지 않았다. 심지어 독서준의 말대로 책 안의 종이들은 전혀 코팅되어 있지 않았다. 이게 무슨 일일까. 이서아는 엄지로 눈물을 닦아내고는 독서준의 말을 기다렸다.

"너가 가지고 있는 상상병…."

"상상병?"

"그냥 내가 이름 붙여본 거야. 아무튼 상상하면 안 되는 병 맞지?"

이서아는 조심히 고개를 끄덕였다.

"그럼 지금까지 독후감 같은 건 어떻게 했어?"

이서아의 성격상 숙제를 안 하는 일은 없었을 것이다. 또한 누군가에게 숙제를 맡기는 일도 없었을 것이고.

"어떻게 하긴. 그냥 책을 읽었지. 비문학이었지만."

"그럼 위인에 대한 감상문을 쓸 때는?"

국어 수업은 독서준이 유일하게 듣는 수업이었다. 그렇기에 그 시간에 어떤 숙제가 있었는지도 알고 있었다. 위인전을 읽고 감상문을 쓰는 것이 숙제로 있었다는 것도.

"자서전이랑 위인전 정도는 괜찮아. 역사적 사실을 상상할 필요는 없으니까."

그럴 줄 알았다. 아무런 근거도 없었다. 하지만 독서준은 이서아가 자서전 따위를 읽을 수 있다고 생각했다. 그렇기에 만든 것이다.

"이거 그 책 주인공의 자서전이야."

자서전과 소설의 차이는 뭘까. 소설보다 더 소설 같은 자서전은 널려 있다. 실제로 있었다는 것뿐? 허구와 그렇지 않은 것의 차이?

그 정도는 상관없었다.

"이 이야기가 실제로 있었던 이야기라고 상상해 봐."

누구보다 상상할 수 없지만, 누구보다 상상을 제어할 수 있는 이서아 앞에서라면.

이서아는 독서준 품 안에 있던 책을 받아 갔다.

조잡한 그림도 같이 들어가 있는 짧은 그림책. 20페이지 정도를 읽는 데 그리 많은 시간은 걸리지 않았다. 시점도 주인공 시점만 나왔기에 매끄럽지 않은 전개도 있었다. 건너뛴 전개도 있는 것인지 이해하지 못한 것도 있었다. 하지만 무엇보다 중요한 점.

"읽을 수… 있어?"

그림은 아무리 좋게 말해도 잘 그렸다고 할 수 없었다. 선도 삐뚤삐뚤했으며 색연필로 칠한듯한 색은 선을 넘어 배경을 침범하고 있었다.

글자도 고대어 해석이 더 쉽다고 생각할 정도로 개미가 기어다니는 듯한 모습이었다.

그러나 알 수 있었다. 이 책에 주인공에 대해서. 어떤 인생을 살았는지. 어떤 심정으로 그런 선택을 한 것인지.

그러고는 볼 수 있었다.

"밤새 만든 거야…?"

독서준 눈 밑에 있는 진한 다크서클을. 어제까지 없었기에 저것은 분명 오늘 만들어진 것이다.

"생각보다 재밌었어. 나만의 방식으로 주인공을 해석한 거 같아서."

독서준은 당연히 자신이 재밌어서 한 일이라며 이서아의 걱정을 줄여주었다. 하지만 모두가 알고 있다. 이건 이서아, 그녀만을 위해 만든 것이란걸.

"고마워…."

이서아의 감정에 조미료 한 스푼이 더 추가된 순간이었다.

*

"내 인생에 이런 곳을 갈 거라고 상상도 못 했는데."

"그러게, 솔직히 말하면 나도 너랑 여기에 올 줄 몰랐어."

자유롭게 헤엄치는 물고기가 가득한 곳. 한국에선 볼 수 없는 다양한 생명체들을 볼 수 있는 곳. 가족 혹은 연인들이 많이 다니는 곳.

독서준과 이서아는 아쿠아리움으로 향했다. 그들이 연인이 되었기에 그곳으로 향한 것은 아니었다. 단지 이서아의 아버지, 이동재가 독서준에게 감사의 표시를 담아 2장의 아쿠아리움 티켓을 준 거였다.

다만 독서준은 그 티켓을 같이 사용할 사람이 없었다. 가족은 없고 친구라고 말할 존재는 더더욱 없다. 그러나 티켓을 사용하지 않을 수는 없었다. 이동재에 대한 예의가 아니라고 생각했기에. 그렇기에 어쩔 수 없이 이서아에게 권한 것이었다. 이서아는 당황했지만 이내 정신을 차리고 독서준의 권유를 수락했다.

이 모든 것은 이동재의 계략이었지만, 독서준이 이를 알 수는 없었다.

"우리 처음 만났을 때 기억해?"

"처음 만났을 때?"

아마 2주 정도 지났을 것이다. 사고가 날뻔한 독서준을 이서아가 막아준 것이. 그날 아무 인연도 없는 둘이 이런 관계까지 발전한 것은 분명 신의 손길이 있었기에 가능한 일이었다.

"근데 어떻게 날 도와준 거야?"

독서준은 문뜩 의문이 들었다. 이서아는 종례가 없어 일찍 끝나는 반에서도 가장 빠르게 집으로 돌아가는 사람이었다. 학교에 남는 것을 이해하지 못했으며 반드시 남아야 하는 날에는 그 다음 날 독서준에게 하소연을 늘어놓았다.

그러나 그날에는 남아야 하는 이유가 하나도 없었다. 그런 이서아가 학교가 문을 잠글 시간이 되어서야 나간 이유가 대체 무엇이었을까. 슬며시 찾아온 의문이었지만 순식간에 거대한 궁금증으로 변해버렸다.

"물건을 잃어버려서."

"물건?"

이서아가 물건을 잃어버리다니, 상상도 할 수 없는 일이었다. 그래도 해맑게 웃는 모습을 보면 그 물건은 찾은 모양. 독서준은 민폐가 되지 않을까 하며 조심스럽게 그 물건을 물어보았다.

"일기장이야."

"일기장?"

또다시 되묻는 형태가 되었다. 하지만 그럴 수밖에 없었다. 일기장이라는 이름 자체를 근 5년 만에 들어봤기에.

이서아는 메고 있던 가방의 지퍼를 조심스럽게 열었다. 지금까지 이서아의 가방 안을 본 적은 없었다. 굳이 보고 싶다는 느낌도 없었다.

그러나 저렇게 행동한 이상, 독서준은 살짝 고개를 숙여 가방 안을 살펴보았다.

"…안 무거워?"

가방 안에는 일기장으로 보이는 책들이 빼곡하게 쌓여 있었다. 독서준도 책이 가득 들어 있는 자기 가방을 들 때마다 무겁다고 생각했다. 그래도 자신은 꽤 힘이 있는 사람이기에 그걸 들 수 있다는 약간의 자부심이 있었다.

하지만 이서아도 만만치 않았다. 한 권 한 권의 책의 두께는 훨씬 얇다. 그러나 그 개수가 입도직으로 많았다.

"무겁지 당연히."

"그런데 왜 들고 다녀?"

"부적이거든."

이서아는 그 말을 끝으로 가방의 문을 닫았다. 마치 더 이상 보여주고 싶지 않다는 듯이. 눈치가 없는 독서준도 그렇게까지 눈치가 없지는 않았다.

"어 저기 펭귄이다!!"

주위를 돌아본 이서아의 시야에는 펭귄이 들어왔다. 사육사가 주는 먹이를 물속에서 빠르게 헤엄치며 받아먹는 펭귄들. 그런 펭귄들이 물 밖으로 나오면 짧은 다리를 뒤뚱뒤뚱하며 열심히 걷는다. 딱하고 왠지 모르게 드는 동정심에 피식하고 웃음이 나 버렸다.

그러나 옆 관람객에게서 들리는 펭귄들의 가족관계를 듣고 더 이상 웃을 수 없게 되었다. 개족보보다 더한 펭귄 족보. 약육강식의 야생에서는 강한 녀석이 모든 것을 갖게 된다. 동물원은 야생이 아니라고 생각했지만, 그들에게 있어서 이곳은 이미 야생이었다. 피가 이어져 있든 이어져 있지 않든 그건 상관없었다. 그저 마음만 통하면 됐다. 본능대로 행동하는 그들의 모습. 귀여운 펭귄이 더 이상 귀엽게 만은 느껴지지 않는 순간이었다.

"다른 거 보러 갈래?"

이곳에 계속해서 머물렀다면 이서아도 저 관람객의 말을 들을지도 몰랐다. 동심은 지키면 지킬수록 좋은 것. 굳이 이서아의 동심을 파괴하여 반짝이고 있는 눈을 침울하게 만들고 싶지 않았다.

"으응 알겠어."

살짝 아쉬워하는 모습을 보이는 이서아. 어쩔 수 없이 독서준은 매혹적인 말로 그녀를 유혹했다.

"저기서 인어공주 쇼를 한대."

"인어공주?"

"응, 인어공주."

진짜 인어공주가 있었다면 좋았겠지만, 현실에는 그런 판타지적인 존재는 없었다. 대신에 최대한 비슷하게 꾸밀 수는 있었다. 인어처럼 지느러미처럼 생긴 다리를 붙이고, 머리를 화려한 색으로 염색하고.

아이들이 보기에는 정말로 동화 속에만 나오는 인어공주가 현실에 나온 것처럼 보일 것이었다. 길은 어렵지 않게 찾을 수 있었다. 앞에 있는 가족이 이동하는 것을 뒤따라가는 것만으로 충분했었다.

"시작했다."

주위에 떠들던 아이들의 시선이 한순간 집중되는 것을 느꼈다. 시선의 끝에는 당연히 인어가 존재하고 있었다. 넓은 물속을 자유롭게 헤엄치는 존재. 물고기들과 함께 헤엄치며 아리따운 빛을 뿜내고 있었다.

"지게 인이공주구나…."

"처음 보는 거야?"

"응, 기억에는 없어. 영화는 본 적도 없고 동화책도 대부분 기억에 없으니까."

생각하지 못했다. 당연히 알고 있을 거라고 생각했다. 그래도 인어공주가 동화책에 나오는 인물인 것은 알고 있는 듯이 보였다.

독서준은 차분한 목소리로 이야기를 시작했다. 마치 이서아가 자신의 이야기를 한 것처럼. 사랑하는 사람을 위해 마녀와 계약하고, 그러나 그 사람의 사랑을 얻지 못해 물거품이 되는 공주. 뻔하지만 슬픈 이야기다.

독서준은 계속해서 말을 이어가며 이서아의 얼굴을 확인했다. 근육 하나 변하지 않는 이서아의 얼굴. 가끔 들리는 아아 하는 소리만이 이서아가 이야기를 듣고 있다는 유일한 증거였다.

그렇게 마지막 장의 이야기가 시작되고, 인어공주가 물거품이 되어 이야기를 마쳤을 때 슬며시 맺힌 이서아의 눈물을 확인할 수 있었다.

이것 또한 독서준의 착각이었다. 상상하지 못한다면 감정도 이해할 수 없을 것이라는 독서준의 제멋대로인 판단.

분명 처음 왕자랑 만났을 때 빛났던 불꽃은 얼마나 빛났는지. 물거품이 됐을 때의 태양은 어떤 모습으로 바라보고 있었을지. 이 모든 것은 알고 싶어도 알 수 없는 어쩔 수 없는 것들이다.

하지만 감정은 달랐다. 어떤 심정으로 마녀와 계약했는지. 어떤 감정으로 왕자를 보내줬는지. 어떤 마음으로 사랑하는 왕자를 두고 떠났어야 했는지. 모두 이해할 수 있다. 겪어보지 않은 아픔이라도 느낄 수 있다면 얼마든지 이해할 수 있었다.

그렇기에 지금 흘리는 이서아의 눈물은 그리 특별한 게 아니었다.

"어, 지금 포토 타임이다!"

좋은 타이밍이라고 해야 할까? 인어공주에 대한 얘기가 끝나자 한 명씩 수족관 옆으로 나아가 사진을 찍고 있었다.

독서준은 사진을 그리 좋아하지 않았다. 좋았던 일만 사진을 찍는 것이 마치 과거의 아픔을 모조리 잊게 한다고 생각했기 때문이다.

그러나 이서아는 달랐다. 이서아에게 남는 것은 오직 사진. 사진으로 기억해 내는 것이 그녀가 할 수 있는 거의 유일한 과거를 회상하는 일이었다.

이서아는 독서준의 팔을 잡곤 사람들 뒤에 줄을 섰다. 다행이라고 해야 할까? 인어공주는 두 명이었기에 줄이 줄어드는 속도도 빠르게 느껴졌다.

얼마 지나지 않아 차례가 다가왔다. 어떤 포즈로 있어야 할까. 얼굴은 어떻게 해야 이상하지 않을까. 약간의 긴장이 독서준에게 다가왔다. 그는 천천히 숨을 들이마시며 최대한 침착을 유지했다.

이윽고 앞에 있던 사람들이 모두 사라졌다. 사진작가가 다음 사람을 부르는 소리가 들렸다. 더 이상의 숨 고르기는 없다고 판단한 독서준은 살짝 떨리는 마음을 갖고는 카메라 앞으로 발을 옮겼다.

"조금만 더 붙어주세요."

사진작가가 요구했다. 역시 5걸음이나 떨어지고 찍는 건 누가 봐도 무리였나보다. 어쩔 수 없이 서로 2걸음씩 옮겨 거리를 맞쳤다.

"남성분은 책 좀 내려놓을게요."

또다시 요구했다. 앞선 사람들은 아무 말 없이 잘만 찍더구먼 갑자기 많은 것을 요구하는 사진작가에게 독서준은 약간의 배신감을 느꼈다.

하지만 사진작가의 말대로 얼굴을 가리는 책은 분명 방해물이었다. 어쩔 수 없다. 이 방법만큼은 쓰고 싶지 않았건만. 독서준은 책을 들고 있는 팔을 아래로 내려 허리 부분에서 책을 펼쳤다. 약간은 멀지만, 글씨는 충분히 읽히고 있었다. 이럴 때만큼은 어두운 곳에서 책을 읽어도 나빠지지 않는 자기 눈을 칭찬하고 싶었다.

"책 그만 보고 카메라 봐주세요."

사진작가의 분노가 느껴졌다. 처음 만나는 입장에서 독서준의 행동은 그야말로 장난치는 것으로밖에 보이지 않았다. 그렇다고 책을 포기할 수는 없었다. 지금은 보지 않아도 되는 환경이 아니었으니까.

"책 이리 줘봐."

이서아는 책을 덮었다. 책 표지에 있는 글이라도 읽으라는 듯이. 그러나 이 책은 백과사전. 깔끔하게 '물고기에 대한 모든 것'이라는 제목을 제외하고는 아무것도 적혀 있지 않았다. 독서준은 그녀의 의도가 궁금했다. 계속 옆에 있었으니 이 책이 백과사전이란 것도 알았을 터다.

"날 보는 거처럼 포즈를 잡아봐."

책을 품 안에 안았다. 마치 아기를 안듯이 천천히. 시선은 책을 향했다. 다만 카메라에서 보이기로는 이서아를 쳐다보는 듯이 보일 것이다.

그러나 문제는 읽을 게 없다는 것. 그때 이서아가 주머니에서 하나의 책을 꺼냈다.

"이거라도 읽고 있어."

이서아가 주머니에서 꺼낸 것은 메모지였다. 오늘 집에서부터 어떤 옷을 입고, 어떤 지하철을 탔으며 아쿠아리움에서 무엇을 봤는지.

하나도 빠짐없이 적혀 있는 메모지를 보며 자연스럽게 놀랄 수밖에 없었다.

"자 찍습니다!"

사진작가의 눈에도 그럭저럭 괜찮은 구도가 된 것 같았다.

숨결이 닿을 정도의 가까운 거리. 카메라가 아닌 책을 보는 독서준의 시야. 하지만 이서아가 마찬가지로 그를 쳐다보며 서로서로 쳐다보는 듯한 하나의 사진이 되었다.

인어공주는 수족관 멀리서 물고기들과 함께 자유롭게 헤엄쳤다. 바로 옆에서 사진을 찍어주는 다른 가족들과는 다른 모습이 되었지만 독서준은 이 구도가 마음에 들었다.

"자, 여기 있습니다."

폴라로이드 카메라에서 사진이 뽑혀 나왔다. 2장의 사진은 각각 독서준과 이서아가 나눠 가졌다. 둘은 사진을 받자마자 약속이라도 한 듯이 사진을 흔들었다.

"이제 갈까?"

아쿠아리움에서 볼 수 있는 건 대부분 봤다.

말미잘 속에 숨어드는 열대어도. 땅에서 기어다니는 거북이도. 옆으로 움직이는 게도. 벽에 얼굴을 붙여 사람을 놀래는 가오리도. 우적우적 물고기를 먹던 악어도. 바위 위에 앉아 손뼉을 치는 바다사자도.

"아직 하나 남았어!"

아, 그러고 보니 아직 가장 중요한 곳을 가지 않았다. 아쿠아리움의 꽃, 모든 것을 한 번에 볼 수 있는 장소.

"귀여워!!"

기념품숍. 모든 인형이 정렬되어 나란히 누워 있었다. 이서아는 분홍색의 돌고래 인형을 집어 들었다. 그러나 강력한 그녀의 손아귀 때문이었을까. 인형에는 지워지지 않을 자국이 남아버렸다. 그러나 그녀는 그런 것 정도는 신경 쓰지 않는다는 듯이 여러 기념품을 마음대로 만져대고 있었다.

그런 이서아를 제지하는 사람은 없었다. 그야 이미 그녀의 소유물이었으니까.

"여기서부터 여기까지, 전부 주세요."

이서아가 매장에 들어와서 가장 먼저 한 말이었다. 드라마에서밖에 듣지 못한 말을 현실에서 들으니 감회가 새로웠으며 동시에 그녀의 재력이 두려웠다.

하지만 인형을 보고는 참지 못하는 이서아의 행동을 보고는 금방 그 두려움은 사라져 버렸다.

"오늘 재밌었어!"

어느새 매장을 다 둘러본 것일까. 원래는 해주지 않는 VIP만을 위한 배달을 해주기 위해 열심히 포장하고 있는 직원들을 뒤로 한 채, 둘은 매장에서 나왔다.

시간은 벌써 이른 저녁. 붉은 노을이 천천히 바다로 떨어지고 있을 때였다.

점점 하루를 마치며 헤어지는 분위기가 형성됐다. 이서아는 전용 승용차를 타고 집에 갈 것이며 독서준은 지하철을 타고 돌아갈 것이다.

끝인사를 하려면 여기가 제격. 독서준은 손을 흔들며 택시에 타고 있는 이서아를 배웅했다.

그때.

- 꼬르르륵.

원래였다면 울리지 않는 시간에 울린 독서준의 배꼽시계. 평소보다 더 많이 걸어 다닌 것이 원인이었다. 택시에 타려던 이서아는 잠시 기사님에게 뭐라 말하더니.

"밥 먹고 가자."

라며 독서준의 손을 이끌고 움직였다.

독서준은 이곳의 지리 따위 모른다. 그렇기에 이서아가 이동하는 것에 맞추어 따라갈 수밖에 없었다.

"잠깐만 기다려 봐!"

하지만 몰랐다. 이서아도 이곳은 초행길이라는 것을. 인터넷에서 아쿠아리움 맛집을 급하게 검색하는 그녀. 조금 시간이 걸릴 것 같았다.

"화장실 좀 갔다 올게."

그렇기에 잠깐 자리를 비워도 문제 될 것은 없었다.

"매운 거 잘 못 먹으면 어떡하지…."

아직도 한참 남은 그녀의 메뉴 고르기.

그저 가격이 높은 곳으로 향해도 됐다. 가격이 높다는 것은 그만큼 음식의 퀄리티가 높다는 것이니까. 하지만 그러고 싶지 않았다. 왜인지 모르게 평범한 사람처럼 평범한 맛집에서 밥을 먹고 싶었다.

그러나 독서준의 취향을 모르는 이상, 선택하면 할수록 선택지만 좁아지는 마술을 보이고 있었다.

"어디가 좋으려나."

화장실에서 나오기 전에는 결정하고 싶었다. 결국 어쩔 수 없이 가장 무난한 가게를 선택하려고 했을 때.

"여기는 어때요?"

한 아이가 스마트폰을 조작해 하나의 가게를 띄웠다. 약간은 평범한 햄버거 가게. 처음부터 선택지에서 제거한 가게 중 하나였다.

"여기 진짜 맛있거든요."

아이는 웃으며 말했다. 어디선가 본듯한 아이. 아, 이서아는 분명히 이 아이를 본 적이 있었다.

본 적만 있었을까. 이서아의 잃어버린 일기장. 이 아이는 그 일기장의 위치를 알려준 아이였다.

그때 사례를 하고 싶었지만 사고가 난 독서준을 도와주고 오니 사라졌었다. 그렇기에 아직 감사 인사도 전하지 못한 상태.

이서아는 살짝 무릎을 굽혀 아이의 눈을 마주 보았다. 그러고는 말했다. 일기장을 찾아줘서 고맙다고, 원하는 게 있다면 들어주겠다고.

그러나 아이는 옅은 미소를 띠며 말했다.

"괜찮아요, 그냥 건강하게 다치지 말고 살아주세요. 그리고 그 햄버거집 엄청 맛있어요!"라고.

이서아가 얼굴에 물음표를 띄웠다. 아이는 그 순간을 놓치지 않고 이서아에게서 달아났다. 영문을 모르는 아이. 그게 저 아이에 대한 이서아가 내릴 수 있는 최대한의 이름이었다.

"무슨 일 있었어?"

마침 독서준이 볼일을 끝내고 밖으로 나왔다. 이제 가게도 찾았겠다. 간단하게 먹으면 될 일이다.

그리 멀지 않은 거리에 위치한 가게. 둘은 천천히 걸어가며 느긋이 얘기하며 가게까지 도착했다.

"뭐야, 나 햄버거 좋아하는 건 어떻게 알았어? 내가 얘기했었나?"

아무래도 아이의 선택은 틀리지 않았던 모양이었다. 조용히 마음속으로 감사를 다시 한번 외친 이서아는, 햄버거를 한입 깨물었다.

*

"우리 다음 주 기말고사야, 알고 있지?"

며칠 후 학교. 언제나처럼 일찍 도착해 책을 읽고 있을 때, 끔찍한 소리가 독서준의 귀에 들어왔다.

중간고사는 보지 않았다. 아프다고 빠지면 어쩔 수 있겠는가. 그러나 기말고사는 달랐다.

중간고사의 점수는 기말고사 점수에 비례한다. 2개의 시험 모두 보지 않는다면 독서준의 점수는 당연히 0점. 지금도 좋지 않은 독서준을 바라보는 눈이 한층 더 차가워질 것이었다. 심각하면 퇴학이란 말까지 나올 수 있었다.

문제는 시험 보는 시간 동안은 시험과 관련 없는 물품은 책상 위에 올려놓을 수 없다는 것. 그것이 가장 큰 문제였다. 수학 같은 계산이 필요한 과목 말고는 문제가 없었다. 암기가 필요한 것은 책에 더 자세하게 나와 있으며 이미 그 책들의 내용은 독서준의 머릿속에 있었으니까.

"책을 머릿속에서 읽는 건 안 되는 거야?"

시도하지 않아 봤을 리가 없었다. 자신의 병을 처음 직면했을 때는 어떻게든 부정하고 싶었다. 책에서 눈을 돌리고 글자를 쳐다보지 않고. 그럴수록 점점 괴로워질 뿐이었다.

다음에는 자신의 병과 협상했다. 이 병이 일상생활에 최대한 방해되지 않게 하기 위해서. 머릿속에서 책을 상상해 읽고, 앞에 문자가 있다고 뇌를 속여보려고 한 적도 있었다. 하지만 독서준의 병은 생각 이상으로 고집불통이었다. 한 치의 물러섬도 허용하지 않았다. 어떤 방법을 가져와도, 그것이 회유책이든 강경책이든. 모든 것을 거부하고 자신만의 길을 곧게 나아갔다.

포기할 수밖에 없었다. 병마와의 싸움에서 독서준은 애초에 질 수밖에 없던 존재였다. 지치지도 않는 저런 강적을 이길 수 있을 리가 없었다.

"그럼 지금까지 어떻게 했어? 우리 고3이잖아. 1, 2학년 때 시험은?"

"이, 특별반 가서 치렀어."

독서준의 학교에는 장애인들을 모아 시험을 치르는 특별반이 있었다. 과거에는 독서준의 병을 인정받아 그곳에서 시험을 치르는 것이 허용되었다. 시험과 관련 없는 책이라면 감독 아래 읽는 것까지 허용되었다.

하지만 학년이 오르고 교장이 바뀌니, 독서준은 더 이상 그곳에서 시험을 칠 수 없게 되었다.

어쩔 수 없다고 생각했다. 특혜를 준다면서 뭐라 하는 학생들도 있었으니까.

하지만 이제부터 어떡해야 하는 걸까. 아무리 생각하고 또 생각해 봐도 마땅한 답이 나오지 않았다.

"선생님께 가서 다시 한번 말해볼래?"

"소용없을걸. 중간고사 때 몇 번이나 말해봤는데 전혀 듣는 척도 안 하더라."

사서 선생님이 뭔가 열심히 노력했다는 것은 언뜻 들었었다. 하지만 그래 봤자 개인의 힘. 다수를 상대하기에는 절대적으로 무리였다.

"그래도 다시 한번 가보자!"

독서준의 눈에는 강한 열정의 불꽃이 보이고 있었다. 마치 독서준이 이서아를 위한 책을 만들어 줄 때처럼.

혼자로는 아무리 노력해도 넘어갈 수 없는 벽이 존재했다. 그 벽을 넘을 수 있는 것은 언제나 타인. 하지만 그 타인은…. 아직 넘지 못한 사람의 손을 잡아 이끌어 줄 수 있었다.

독서준은 이서아아게 새로운 세계로 나가는 법을 알려주었다. 이번에는 이서아의 차례다. 그저 시험을 무리 없이 치르게 해주는 것뿐이지만, 그것이라도 이서아는 독서준에게 해주고 싶었다.

"서아, 안녕~."

그러나 지금은 때가 아니었다. 애초에 담임 선생님도 아직 학교에 오지 않았을 것이다. 결전의 시간은 점심시간.

독서준은 책을 읽으며, 이서아는 등교하는 모두와 인사하며. 시곗바늘을 쳐다볼 뿐이었다.

♫♩♫♩♩

점심시간을 알리는 종소리가 울렸다. 학생뿐만이 아닌 선생님을 포함한 모두가 밥을 먹는 시간. 선생님이 밥을 먹는 것을 기다릴 순 없었다. 밥을 다 먹은 선생님은 언제나 학생은 모르는 비밀 장소에서 시간을 보냈으니까.

빠르게 교무실로 달려갔다. 지나치는 학생마다 이서아에게 같이 밥 먹자고 권하는 것이 이서아의 인기를 실감 나게 해줬다.

다행히 선생님은 아직 급식실로 향하지 않았다. 책상에 쌓인 주전부리들을 보면 갈 생각도 없었던 것 같았다.

독서준은 조심스럽게 담임에게 다가갔다.

독서준을 발견한 담임은 약간은 귀찮은 표정을 지은 뒤 이서아를 보고는 환한 미소로 그를 반겨주었다.

"서준이니? 무슨 일로 왔어?"

"그, 그게….."

중간고사 때 힘겹게 연 입은 담임의 무차별적인 공격에 의해 꿰매졌다. 분명 이번에도 그럴 것이었다. 독서준은 어떻게 말을 시작해야 좋을지 계속해서 고민했다. 이렇게 말을 해도 되느냐고.

점점 담임의 얼굴이 일그러지는 것이 실시간으로 보였다.

"할 말 있으면 나중에 할래? 지금은 서아도 기다리는 거 같으니까."

좋은 말로 포장했지만 귀찮게 하지 말고 나가라는 말이다. 노골적인 담임의 차별 행동.

더 이상 참을 수 없는 이서아는 조심스럽게 독서준의 옷소매를 잡았다. 살짝 놀라 쳐다보는 독서준을 향해 조용히 속삭였다.

"괜찮아, 나를 믿어."

응원의 말. 누구나 쓸 수 있는 평범한 문장이었다.

"선생님, 기말고사 관련해서 하고 싶은 말이 있습니다."

용기가 났다. 믿으라는 말을 처음으로 믿어봤다. 담임의 얼굴 근육이 경직된 것처럼 움직이지 않았다. 입은 미소를 띠고 있지만 절대 웃고 있지는 않았다.

"그건 방과 후에 따로 얘기할까?"

그래, 이 자리에선 말하고 싶지 않겠지. 담임의 성격상 아무도 보지 않는 곳에서 일을 처리하고 싶을 것이다. 정확히는 이서아가 없는 자리에서.

이서아는 이 학교에서 아무도 건들 수 없는 그런 존재였다. 애초에 이 학교의 대부분의 운영비가 이동재의 주머니에서 나가니 그의 딸인 이서아를 누가 건들 수 있겠는가.

심지어 담임은 눈으로 확인했다. 이서아가 독서준의 옷소매를 만지는 것과 귓속말로 무슨 말을 전한 것을.

둘이 최소한 친구는 된다는 것은 누구나 알 수 있는 정보였다.

그렇기에 이서아가 보지 않는 곳에서 개인적으로 독서준과 얘기하고 싶은 것이었다.

"아니요, 지금 얘기해야 한다고 생각합니다."

물론, 독서준은 그럴 생각이 하나도 없었다. 지금 말하지 않으면 나중에는 절대로 말하지 못한다. 지금 자신의 안에서 뿜어져 나오는 용기는 일회용, 두 번 다시 사용할 수 없었다.

이서아가 자신 뒤에 서 있는 것은 중요하지 않았다. 지금 져버린다면 평생 승리라는 단어를 보지 못하고 살아갈 것 같았다.

"하아, 그럼 이쪽으로 들어와."

교무실 안쪽에 있는 또 하나의 작은 방. 회의할 때 쓰는 방인지 기다란 책상 하나에 여러 개의 의자가 붙어 있었다. 담임은 자신의 자리가 있는 듯이 살짝 끝쪽에 위치한 의자에 앉았고 독서준은 담임의 맞은편에 앉았다. 이서아도 들어오려고 했지만 독서준이 거절했다. 여기서부터는 자신의 힘, 이 정도 벽은 넘어야 한다고 생각했다.

"그래서 할 말이? 시험 시간에 책을 볼 수 있게 해달라고."

"네, 작년이나 재작년처럼만 해주시면 된다고 생각합니다."

"그전에, 너가 왜 올해부터 특별반에서 시험을 못 보는지는 알아?"

"아니요, 그건 잘…."

"학생들한테 항의가 들어왔거든. 부정행위를 저지르고 있다고."

"부정행위요?"

"그래, 영어를 제외한 모든 문과 과목에서 90점 이상. 학생들 입장에서는 특별반에 가는 학생이 어떻게 그런 점수를 받을 수 있나 의문이 들 만도 하지."

담임의 말을 들으니 학교의 상황도 이해가 갔다. 지금까지 독서준은 자신의 시험 점수를 확인해 본 적이 없었다. 애초에 열심히 시험을 쳐본 적도 없었다. 그저 책을 읽으며 소리로 들려오는 문제를 들으며 해당하는 답을 입으로 내뱉을 뿐이었다. 지금 생각해 보면 어마어마한 특혜지만 그때는 아무런 생각도 하지 않았다.

그저 시험이 빨리 끝나 책에다가 모든 집중력을 투자하고 싶어질 뿐이었다. 모든 문제에 대해서는 무의식적으로 대답했었다. 그러나 독서준의 무의식은 생각보다 똑똑했다. 계산하지 못하는 수학과 이해하지 못하는 영어를 제외하고는 모든 문제에 대한 답을 완벽하게 대답했다. 책에는 교과서에서 다루지 않는 분야까지 다루고 있었다.

"그럼 어떡하죠?"

독서준은 그저 학교가 자신을 싫어해서 이런 행동을 하는 줄 알았다. 하지만 알고 보니 많은 학생의 반발이 있었고 정당한 이유가 있었기에 내린 결론이었다.

이 이상의 주장은 민폐라고밖에 할 수 없었다. 결국 고개를 숙이며 인사하고 교무실에서 나올 수밖에 없었다.

"어떻게 됐어, 성공했어?"

독서준은 절레절레 고개를 저었다. 이서아는 살짝 화나 보이는 얼굴을 보였다. 독서준은 바로 이서아의 오해를 풀어주었다.

자신이 특별반에서 시험을 보지 못하는 이유를. 이서아는 곧바로 상황을 이해했다. 그러고는 물어보았다.

"부정행위한 적 없지?"

"당연하지."

이서아도 알고 있었다. 독서준이 부정행위를 할 사람이 아니라는 것을. 그런데도 이렇게 확답을 듣고 싶어 물어본 것이었다.

"그럼 내가 해결하고 올게. 여기서 기다리고 있어."

이서아의 권력과 인맥이라면 할 수 있는 것보다 할 수 없는 것을 세는 게 더 빠를 것이다. 독서준을 위해 한발 물러났지만 더이상 물러가다간 낭떠러지에서 떨어질 게 분명했다. 그것만을 볼 수 없었던 이서아는 직접 나서기로 마음먹었다. 독서준의 상태가 괜찮았다면.

"가지 마, 가지 마, 가지 마, 가지 마…."

고개를 푹 숙이고 이서아의 손목을 강하게 잡으며 독시준은 조그마한 목소리로 중얼거렸다. 마치 무언가에 겁에 질린 듯이. 처음 보는 독서준의 모습에 깜짝 놀란 이서아는 앞서 걸음을 내밀었던 왼발을 원위치한 다음, 다리를 숙여 고개를 숙인 독서준과 눈을 마주 보았다.

- 짝!

울려 퍼지는 소리. 이서아는 두 손을 모아 독서준의 눈앞에서 크게 손뼉을 쳤다.

"어…. 지금 무슨 일이."

"아무것도 아니야."

독서준의 행동을 보면 지금까지 이런 일은 없었던 것 같았다. 그렇다면 굳이 방금의 기억을 되살려 괴롭게 할 필요는 없었다.

"우리가 힘을 합치면 해결할 수 있을 거야. 같이 가자."

주제를 돌렸다. 시험을 어떻게 칠 수 있을지로.

"학생들의 동의가 있으면 가능하려나…."

다행히 독서준은 금방 이 주제로 눈을 돌렸다.

그나저나 학생들의 동의라. 생각보다 괜찮은 방안 같다. 독서준이 특별반에서 시험을 치르지 못하는 것은 학생들의 반대 때문에. 그렇다면 그 학생들의 반대를 잠재울 수 있다면 모든 것이 해결되지 않을까?

이서아는 독서준의 손을 이끌고는 대부분의 학생이 있는 급식실로 걸어갔다. 한순간에 시선이 집중되었다. 이서아가 누군가의 손을 잡고 나타났으니 당연한 일이었다. 그것도 남자의 손을.

시선 중엔 유독 피부가 타버릴 듯한 뜨거운 시선이 존재했다. 이서아를 좋아하는 사람, 독서준이 특혜를 받아 성적을 높게 받는다고 생각하는 사람. 그러나 측은하게 바라보는 존재도 있었다.

이 학교에서 이서아는 좋은 의미로 유명했다. 반대로 독서준은 나쁜 의미로 유명했다. 다른 사람의 도움 없이는 살 수 없는 그런 사람으로. 그렇기에 독서준이 맞잡고 있는 손은 이서아가 원해서 잡은 것이 아닌 선생님의 요청으로 어쩔 수 없이 잡고 있는 것이다. 그렇게 생각한 사람들이었다.

"애들아, 잠깐만 들어줘!"

이서아의 행동은 그야말로 대담했다. 이 행동으로 인해서 지금까지 쌓아온 모든 것들이 무너질 수도 있었다. 하지만 뒷일은 말 그대로 뒷일이라는 듯이 오직 현재만을 위해 행동했다.

아이들은 금방 이서아 주위를 둘러쌌다. 제삼자가 보면 두 명의 학생을 여러 명이 협박하는 모습과 비슷했다.

이서아는 서론도 없이 바로 본론을 꺼냈다. 이렇게 모여달라고 한 이유를 거침없이 꺼내기 시작했다.

독서준을 측은하게 보던 사람들은 더욱 측은하게, 나쁘게 보던 사람들은 더 나쁘게. 이서아의 말이 계속되면 될수록 그저 그 둘의 차이점만이 명확하게 보일 뿐이었다.

끝이 나지 않았다. 소수의 학생이라도 반대하는 사람이 있다면 선생님들은 절대로 인정해 주지 않을 것이었다. 그렇기에 반드시 모두를 설득해야만 했다. 그렇게 풀리지 않는 끈이 점점 너 꼬이고 있을 때.

"반에서 시험 한번 봐봐. 그럼 그 실력이 진짜라는 게 증명되는 거잖아."

책은, 책은 어떡하라는 것인가.

"우리가 선별해 주는 책만 보기, 의심 가는 사람한테는 책 안을 확인하게 해주고."

"눈이 안 보이는 건 아니잖아?"

"마킹이랑 문제 읽는 건 스스로 할 수 있겠지."

독서준의 편의를 최대한 봐주며, 양보할 수 없는 부분은 양보하지 않고.

마치 원탁회의를 하듯이 얘기는 순식간에 진행되었다.

"시험 시간에 책 읽는 건 오케이해 줄게, 그 대신에 그 책은 우리가 선정할 거야."

이윽고 깔끔한 결론이 내려졌다. 솔직하게 말하면 이것도 독서준에겐 무리였다. 하지만 해내야만 했다.

"할 수 있지?"

지금까지 받은 모든 의심을 풀기 위해.

기대의 눈빛을 보내는 이서아가 실망하게 하지 않기 위해.

제2장

처음에는 차근차근,
도중부턴 빠르게

"파이팅!"

여러 사람에게 응원의 메시지를 받았다. 반드시 성과를 내어 보여주겠다. 부정행위 따위 하지 않았다는 것을 알려주겠다. 독서준은 강한 마음을 품고 자리에 앉았다.

이내 시험을 알리는 종소리가 울렸다. 엄숙한 분위기 속에서 오직 종이를 넘기는 소리만이 들려왔다. 독서준 또한 마찬가지. 다만 독서준의 책 넘기는 소리는 약간 달랐다.

시험지의 종이가 아닌 동화책의 종이. 학생들이 선정해 준 책은 《이상한 나라의 앨리스》. 하필이면 이 책을 골라주었다. 독서준의 개인적인 감정에 따르면 이 책을 별로 좋아하지 않았다.

중간 과정이나 캐릭터의 설정은 마음에 든다. 하지만 결말이 마음에 들지 않았다. 단지 꿈이라니, 그 기억을 꿈으로 생각하고 끝을 내다니.

어떤 기억이든 마음속에 간직해야 했다. 그러나 앨리스는 좋은 기억은 추억으로, 나쁜 기억은 악몽으로 끝내버렸다. 그게 마음에 들지 않았다.

몇 번을 읽어보든 똑같았다. 캐릭터를 완벽하게 이해하고 스토리를 재탄생시켜 보아도 달라지는 것은 없었다. 그래서 포기했었다. 더 이상 읽지 않고 마음속에 묻어두었다.

그러나 이번에는 어쩔 수 없었다. 다시 한번 읽을 수밖에. 책 내용에는 기대하지 않았다. 그저 글자를 읽으며 마음을 안정시키는 용으로 읽을 뿐이었다.

"시험 끝, 손 책상 아래로 내리고 뒤에서 걷어 와라."

하나의 과목이 끝났다. 반 아이들은 독서준의 자리에 모여 그의 시험지를 확인했다. 1교시 과목은 국어. 독서준의 말에 따르면 이번 시험에서 꽤 놓은 점수를 받았을 것이었다.

그렇기에 반에서 공부를 가장 잘하는 아이는 자신의 시험지를 가져왔다. 독서준과 비교하기 위해서.

"뭐야, 안 풀었어?"

하지만 독서준이 몇 점을 맞았는지 알 수 없었다. 독서준의 시험지는 처음 받았을 때와 달라진 것이 없었다. 아무런 문제도 풀지 않은 듯이 문제에는 정답이 체크되어 있지 않았다.

"기다릴 수밖에 없네…."

하는 수 없이 시험이 끝나는 날까지 기다릴 수밖에 없었다. 시험이 끝난 후, 서술형을 확인할 때 점수와 함께 나오니까.

"다들 자리에 앉아라."

아쉬움에 다리가 움직이고 있지 않을 때. 다음 시험이 시작하려는 듯이 선생님이 문을 열고 들어왔다. 모두가 자리로 돌아왔다.

이제부터 들리는 것은 종이 넘기는 소리뿐. 사각사각 들리는 소리에 모두의 집중력이 책상 위에 있는 시험지에 집중되는 순간이었다.

"몇 점이야?"

원래는 선생은 학생의 점수를 다른 사람에게 알려줄 수 없었다. 학생이 자신의 점수를 확인할 때 다른 학생의 점수는 가려놓는 것이 기본이었다. 이번에는 달랐지만.

독서준의 허락 아래 선생님은 독서준의 점수를 공개했다. 모두의 얼굴에 감정을 숨기지 않고 드러내는 순간이었다. 독서준이 점수를 이상하게 받길 바라는 사람. 점수가 높길 바라는 사람. 치부가 드러나길 바라는 사람. 희망을 거는 사람.

모두의 긴장 속에서 떨리는 목소리로 독서준의 점수가 발표되었다.

"독서준, 객관식 13점 주관식 0점."

모두가 웃었다. 독서준을 응원했던 사람은 그를 믿은 자신의 어리석음을. 독서준을 처음부터 의심했던 사람은 자신의 선견지

명을. 아쉬움을 표하는 몇몇 사람은 있었다. 하지만 다른 사람의 목소리에 그저 조용하게 묻힐 뿐이었다. 그저 목소리가 큰 사람이 이기는 세상.

그 누구도 앞에 있는 사람이 수학 선생님이라는 것을 알아채지 못했다. 알아챈 것은 한참 후 이서아가 반에 돌아왔을 때.

화장실을 간 사이, 무차별적으로 공격당하고 있는 독서준을 발견했다. 즉시 제지했다. 모두에게 이건 수학 점수란 것을 알려줬다.

모두의 시선이 이서아에게 향하며 이성을 되찾은 아이들이 머쓱한 듯이 머리를 긁적였다.

비난의 시선을 받은 지 얼마 지나지 않아, 이번에는 국어 선생님이 반으로 들어왔다. 약간은 이상한 분위기에 압도된 선생님이었지만 이윽고 평소대로 돌아와 출석번호대로 한 명씩 불러 답안지를 확인하게 했다.

출석번호가 앞에 있던 독서준의 차례는 금방 왔다. 그러나 선생님은 독서준의 순서를 가장 마지막으로 미뤘다. 맛있는 건 원래 가장 마지막에 먹는 법이라고 하며.

어쩔 수 없이 다시 자리에 앉은 독서준과 다른 모두는 점점 더 초조해져 가는 시간 속에 시계 소리만이 귀에 맴돌 뿐이었다.

10분 정도 지났을까. 드디어 국어 선생님은 독서준을 호출했다. 자리에서 일어나 교탁에서 점수를 직접 보고 싶은 사람도 있었지만 선생님이 제지했다. 약간은 두꺼운 서류 봉투에서 1장의 답안지를 꺼냈다. 그리고는 말했다.

"주관식 0점."

이 말에 웃는 사람도 있었지만, 대부분은 침묵을 유지했다. 어차피 독서준이 주관식 따위 풀지 않을 것이라고 알고 있었다. 중요한 것은 객관식. 모두가 보는 앞에서 그의 실력을 증명할 때였다.

"객관식 80점. 이번에는 어렵게 냈다고 생각했는데 역시 너한테는 쉬웠나 보구나."

객관식 80점, 즉 만점이라는 소리였다. 운이 좋았던 것일까. 분명 모르는 문제도 있었건만 찍은 것도 틀리지 않고 모두 맞은 모양이었다.

"정말 80점 맞아요? 뭔가 이상한 짓을 한 거 아니에요?"

"이상한 짓? 예를 들면?"

"문제를 이미 알려줬다거나…."

"너는 내가 그럴 사람으로 보이니?"

약간은 찡그려져 있는 선생님의 얼굴. 전직 군인인 국어 선생님은 정의감으로 똘똘 뭉친 사람이었다. 그런 사람에게 부정행위를 했냐는 질문을 했다. 그 황당이 표정에 나타나는 것은 당연한 일이라고 생각했다.

"죄, 죄송합니다."

사과의 말이 입에서 자동으로 튀어나왔다. 목숨의 위기를 느낀 것. 그 말을 듣고 어느새 평소의 온화한 얼굴로 돌아온 선생님은 교탁에 서서 큰 소리로 외쳤다.

"원래는 담임 선생님이 오실 때까지 기다려야 하지만 오늘만큼은 내가 발표하겠다."

독서준의 점수가 하나씩 밝혀졌다. 모두가 진중한 표정으로 발표를 들었다. 이과 과목은 처참하다 해도 좋을 정도로 찍는 게 더 높았을 듯한 점수였다.

하지만 문과 과목은.

"문과 전 과목 70점 이상, 이걸로 독서준에게 부정행위는 없었다. 인정하나?"

"네에…."

"또한 독서준을 의심했던 사람들은 추후 개인적으로 만나서 꼭 사과하도록."

이름은 밝히지 않았지만, 모두가 그 사람을 알고 있었다. 책을 고를 때도 시험에 조금이라도 힌트가 되는 것이 있겠느냐 몇 번이나 읽었으며. 시험 시간 도중에도 자신의 시험은 안중에도 없는지 독서준만을 뚫어지게 쳐다봤으며. 지금도 고개를 숙이며 손에서 피가 날 정도로 주먹을 강하게 쥐고 있는 존재.

신재원은 의자에서 일어나 문을 쾅 닫고 밖으로 나갔다.

아직 수업 시간이건만 신재원을 멈추는 사람은 아무도 없었다. 독서준이 부정행위를 하지 않았다는 것이 알려진 이상 신재원은 악이었다. 겉으로 보기에는 누구나 선이 되고 싶어 하는 사람들 속에서 악을 도와줄 사람은 존재하지 않았다.

"재원이는 나중에 교무실로 오라고 해라."

어느새 들어온 영어 선생님도 마찬가지였다. 신재원의 편을 들어주는 사람 따위는 없었다.

조금조금 증오를 키워나가는 신재원. 이때는 아무도 몰랐다. 티끌처럼 쌓인 증오가 나중에는 얼마나 거대해질지. 그것이 얼마나 강력한 힘을 가질지.

이때는 아무도 모르고 있었다.

*

"여기가 너희 집이야?"

으리으리하다. 책을 읽어 어휘가 다양해진 독서준도 이 이상 눈앞에 보이는 이 광경을 표현하기 어려웠다.

집을 들어가기 위해 두꺼운 철문으로 된 입구를 통과하며, 분수대와 정원으로 꾸며놓은 마당을 걸어갔다. 나무 위에서는 새들이 속삭이고 있었으며, 그 옆에서는 정원사가 나무를 가꾸고 있었으며, 또 그 옆에서는 열 명 정도 되는 가정부가 흰 빨래를 말리고 있었다.

독서준은 약간 움츠러진 행동거지를 보이며 집 안으로 천천히 걸어 들어갔다. 혹시라도 뭔가를 잘못 건드려 배상하지 않게끔.

"와아."

마당 분위기에 한 번 압도당하고, 더 이상 놀랄 일은 없다고 생각했다. 하지만 그 생각은 오산 중의 오산. 진정한 놀람은 건물 내부에 숨어 있었다.

아무리 높게 뛰어도 닿지 않는 천장. 가운데 길에 깔린 기다란 빨간색의 카펫. 그 끝에 있는 2층으로 올라가는 양쪽으로 나누어져 있는 2개의 계단.

마치 판타지 영화에서 나오는 궁전을 똑같이 옮겨놓은 느낌이었다.

"다녀오셨습니까."

뚜벅뚜벅, 누군가가 구두 소리를 내며 뒤에서 접근했다. 이서아는 뒤를 돌아 가볍게 손을 흔들었다. 전장에서 평생을 살아온 듯이 보이는 백발의 노인. 검은색의 정장을 입은 노인은 이곳의 집사라도 되는 듯이 보였다.

"이쪽 분이 독서준 님이십니까?"

"예? 예, 제가 독서준입니다만….."

온화한 미소다. 처음 보는 사람의 마음을 열 수 있을 정도의. 하지만 그 안에, 형용할 수 없을 정도의 무언가의 살기가 담겨 있었다. 분명 웃고 있다. 하지만 같이 웃을 수 없는 이유는 왜일까.

이유 모를 한기에 몸을 부르르 떤 독서준은 살금살금 이서아의 옆으로 피난했다. 뭔가 아까보다 더 추워진 느낌이 들었지만.

"이쪽으로 오시지요."

하지만 그건 착각이었다는 듯이, 어느새 부드러운 봄바람만이 이곳에 있을 뿐이었다.

노인은 접대실처럼 보이는 곳으로 독서준을 안내했다. 이서아
는 익숙한 듯이 자기의 자리를 찾아 앉았다. 노인은 어디선가 차
를 가져왔다.

어디선가 마셔본 맛. 아마 이서아의 병문안을 갔을 때 마셨던
차 같았다. 개인적인 감상으로는 그때 마셨던 차보다 지금 마시
는 것이 몇 배는 맛있었다.

다만 독서준은 이 평가를 이서아에게는 말하지 않았다.

"그래서 오늘 왜 오라고 한 거야?"

기말고사를 치른 지 1주일 정도 지났다. 오늘 부른 건 그것 때
문이 아니란 느낌이 강하게 들었다.

"그냥, 아빠가 한번 보고 싶다고 해서."

이서아의 아버지, 이동재. 대형 병원 원장인 그가 보고 싶다는
이유가 뭘까. 지금까지 한 행동 중에 마음에 들지 않는 게 있나?
자기 딸이랑 가까이 지내는 걸 보기 싫어서 조용히 묻어버리려
고 그러나?

장난스러운 생각이 머릿속을 가볍게 스쳐 지나갔다. 이동재가
그럴 리 없다. 아직 두어 번밖에 만나지 않았지만 이미 오래 알
고 지낸 사이처럼 신뢰 관계를 구축했다. 신기한 일이었다. 독서
준이 이렇게 사람을 믿다니. 예측하건대 아마 이 집안의 재능이
리라.

"아버지는?"

하지만 정작 중요한 이동재가 보이지 않았다. 시간은 이미 해가 지고 있는 저녁. 같이 식사하자고 해서 밥도 먹지 않고 왔었다. 배에서 무언가를 요구하는 소리는 커져만 가고 있었다.

"미안…. 급하게 수술이 잡혔다고 하네."

뭐 어쩔 수 없는 일인가. 이동재급 되는 사람이라면 누구나 그를 원할 것이다. 어떤 사람이든 그의 능력을 원하고 그의 손을 빌리고 싶을 것이다.

시간은 꽤 걸릴 듯이 보였다. 어쩔 수 없이 다 읽은 책을 가방에 집어넣고 새로운 책을 꺼냈다. 이 정도 두께라면 2시간은 버틸 수 있을 것이다. 자신의 배가 배고픔을 잊기를 바라며 책의 목차를 확인했다.

"자, 잠깐만. 시간도 많이 남는데 우리 도서관이나 갈래?"

그때 독서준의 흥미를 끄는 단어가 귀에 들렸다. 도서관이라. 이 정도 크기의 집이라면 분명 학교 도서관보다는 거대한 도서관이 있을 것이었다.

이 집의 길은 복잡했다. 자칫하면 길을 잃을 정도로. 그렇기에 독서준은 살짝 빠른 걸음으로 걷는 이서아를 쫓아 옆에서 나란히 걸어갔다. 미아가 되지 않기 위해서. 다시 몸에 한기가 도는 것을 보아 이 집은 보일러가 잘 작동되지 않는 모양이었다.

- 끼이익.

오랫동안 열지 않은 것인지 거대한 문이 귀가 아파지는 소리를 내며 활짝 열렸다. 독서준은 단념하고 말할 수 있었다. 이 순간이, 인생에서 두 번 다시 없을 충격을 선사해 줬다고.

학교 도서관을 생각한 자신을 탓하게 됐다. 이건 그 정도의 수준이 아니었다. 전 세계에 모든 책이 이곳에 있다고 해도 거짓말이 아닐 정도로 도서관의 크기는 엄청났다. 여기서 살 수만 있다면 자신의 모든 것을 지불할 수 있을 정도였다. 아니, 모든 것을 내줄 테니 이곳에서 살고 싶다고 말할 수준이었다.

"아마 우리가 태어나기 이전의 책은 대부분 여기 있을 거야."

독서준의 상상이 거짓이 아니었다는 듯이. 이서아는 이곳이 파라다이스임을 다시 한번 말해주었다.

"읽어도 돼?"

독서준은 무의식적으로 물어보았다. 이서아의 대답은 당연히 예스. 하지만 이미 독서준의 몸은 책장 너머로 사라지고 있었다.

세계적인 명작부터 시작해서 독서준조차 처음 보는 아무도 모르는 책까지. 독서준은 최대한 처음 보는 책을 위주로 책장에서 꺼냈다.

책상 위에 놓인 수십 권의 책. 지금 다 읽지는 못했나. 그렇기에 가장 흥미가 가는 제목이 무엇인지 찾아보았다.

그 과정은 그리 오래 걸리지 않았다. 책을 고르면서도 반드시 이 책부터 읽어야지 하는 책이 있었기 때문이었다.

책의 이름은《나의 인생》.

표지도 설명글도 없는 이상한 책이었지만 어째서인지 가장 끌리는 책이었다. 조심스럽게 한 장을 넘겼다.

[이 책에 나의 인생에 관한 모든 것을 정리해 놓았다.]

첫 문장. 실화를 담은 이야기인가 혹은 자서전인가. 약간의 흥미가 더 추가된 독서준은 멈추지 않고 계속해서 읽어나갔다.

[부유한 집안의 장녀로 태어났다.]

[부족한 것 하나 없이 완벽하게 자라났다. 외모도, 성격도, 성적도.]

약간은 자만심이 뛰어나 보이는 저자. 오히려 흥미가 더 생길 뿐이었다. 페이지를 또다시 넘겨보았다.

[한 남자를 만났다.]

[그 남자는 모든 것이 뛰어났다. 돈이란 가장 중요한 재화를 제외하고는.]

[그 남자와 사귀기로 했다.]

[그 남자와 결혼하기까지 그리 오랜 시간이 걸리지는 않았다.]

[내 병을 고쳐준다며 의사가 되고 싶다고 말했다.]

[막대한 재산과 뛰어난 머리로 금방 엄청난 병원을 설립할 수 있었다.]

[우리의 2세가 탄생했다.]

[이제야 성별을 알 수 있을 정도의 크기지만 무럭무럭 자랄 것이다.]

[내일이다. 드디어 내일, 만날 수 있다.]

[이름은 이미 지어두었다.]

[이 아이에겐 이 지독한 병이 유전되지 않았기를 바란다.]

여기서 이야기가 끝나버렸다. 결말도 없는 이상한 책. 제대로

처음에는 차근차근, 도중부턴 빠르게

읽은 것인지 확인하기 위해 독서준은 다시 한번 책을 정독하기 시작했다.

생각보다 길지 않은 책. 분명 내용으로 보자면 무언가 많이 담고 있었지만, 그 알맹이는 다른 곳에 있는 듯이 정작 중요한 것은 아무것도 남아 있지 않았다. 예를 들면 그 남자와 어떻게 만났는지. 그 남자가 누구인지. 자신의 아이에게 어떤 이름을 지어 줬는지. 그렇기에 얼마 남지 않은 시간임에도 책을 다시 읽는다는 선택이 가능했다.

하지만 다시 읽었다고 한들, 이 책을 이해할 수 있을 리 없었다. 그저 알 수 있었다는 것은 이 책의 저자가 이 책을 쓸 때 분명 웃으면서 썼다는 것뿐.

독서준을《나의 인생》을 옆에다가 치워두고는 새로운 책을 읽기 시작했다. 1시간은 이미 지난 것 같았지만 아직 아무 말도 없었다. 이동재가 이미 왔지만, 자신을 배려해 도서관에서 부르지 않는 것일 수도 있었다. 하지만 배려는 받으라고 있는 것. 독서준은 천천히 새로운 책을 읽을 뿐이었다.

그렇게 책의 중반쯤 갔을 때일까. 주변이 소란스러워지기 시작했다. 방음이 완벽한 도서관에서 소음이 들린다는 것은 그 소음이 내부에서 발생했다는 것.

신성한 도서관에서 소음을 내는 것은 절대로 참을 수 없었다. 이동재라면 어쩔 수 없지만 이서아라면 한 소리 해주겠다. 이리 생각한 독서준은 눈을 살짝 올려 소음의 주인을 확인했다. 하지만 그 주인을 확인한 독서준은 의문을 표할 수밖에 없었다.

아무리 높게 보아도 중학생 정도밖에 되지 않아 보이는 여자아이가 이곳을 향해 콧노래를 부르며 걸어오고 있는 거 아니겠는가. 하지만 이서아는 말했다. 도서관의 열쇠는 2개밖에 없다고. 하나는 이서아가, 하나는 이동재가.

이서아가 도서관에서 나가자마자 문을 잠근 독서준으로서는 도서관에 있는 저 소녀가 어떤 존재인지 의심하지 않을 수 없었다.

"안녕하세요!!"

활기차게 인사하는 소녀. 독서준은 의심을 풀지 않은 채 가볍게 고개를 끄덕였다.

"아 참! 제 소개를 안 했네요. 제 나이는 16! 이름은 비밀이에요!"

아무리 밝고 쾌청하게 말한다 해도 독서준은 넘어가지 않았다. 다가오면 다가올수록 뒤로 물러서며 거리를 유지할 뿐이었다.

"여기 어떻게 들어왔어."

"저한테 비밀 열쇠가 있거든요. 도서관 바로 앞에 있는 사자 조각상, 그 안에 있었어요!"

"그걸 너가 무슨 수로 안 거야."

"비밀!"

"비밀?"

"네, 원래 숨겨둔 게 많은 사람일수록 더 매력적인 법이거든요!"

소녀에 대한 독서준의 위험수치가 극단적으로 올라갔다. 출입구가 하나밖에 없는 도서관. 경찰에 신고하는 법이 최선이라는 것을 깨달은 독서준은 조심스럽게 휴대폰을 꺼냈다.

"자, 잠깐만요! 그럴 필요 없어요!"

도둑이 도둑질하며 경찰에 신고하지 말라니. 어림도 없는 소리다. 독서준은 빠르게 112를 입력했다.

그 순간.

"딱 질문 하나만 할게요! 어차피 시간도 없는 모양이고."

소녀가 마법처럼 다가와 휴대폰을 빼서 갔다. 저런 신체 능력이면 도망갈 수도 없다. 어이가 없어 몸이 굳어버린 독서준은 그대로 자리에 멈추어 섰다.

"뭔데, 그 질문이란 게."

"엄~청 간단한 질문이에요. 오빠, 서아 언니에 대해서 어떻게 생각하세요?"

이서아? 처음 생긴 친구다. 자신이 위기에 빠졌을 때 도와주긴 했지만, 어차피 성인이 되고 나면 기억에서 잊힐 그런 친구. 그 이상 그 이하의 생각도 없었다.

"흐음~. 아직 그런 단계인가. 알겠어요!"

약간은 얄미운 웃음. 결말을 아는 독자가 고생길이 훤한 주인공을 놀리는 듯한 웃음이었다.

"어, 뭐야 문이 열려 있네?"

때마침 이서아가 돌아왔다. 이서아가 문 앞에 서 있다면 그 소녀는 확실하게 잡을 수 있을 것이다. 그리 생각하며 잠시 문 쪽을 쳐다보니.

"결국 누구였지?"

이미 사라진 소녀만이 그 자리에 있을 뿐이었다.

*

"무슨 일 있었어?"

"아니, 아무 일도."

독서준은 딱히 방금 있었던 일에 대해서 아무 말도 하지 않았다. 단지 이 집의 보안이 제대로 작동되고 있는지를 물어볼 뿐이었다. 살짝 언질은 해주었다. 나중에 도둑이 든다면 보안을 다시 확인하지 않은 사람이 잘못이 있는 것이다. 애초에 이 커다란 집을 도둑질하러 오는 사람도 없겠지만.

"설마 이 짧은 시간 동안 여기 있는 책을 다 읽은 거니?"

처음부터 이동재의 시선은 책상 위에 놓여 있는 책을 향해 가 있었다. 규칙 있게 정렬되어 있어 보이면서 막무가내로 쌓여 있어 보이는 책.

이동재는 그 책들을 들춰보며 독서준이 어떤 책을 골랐는지 살펴보았다.

"아뇨, 다 읽지는 못했고, 한 권하고 반 정도 읽었어요."

"그래? 그럼 빌려 가도 좋아. 어차피 티도 안 날 거고."

이동재의 말대로 이 정도의 책을 빌린다고 해도 도서관에는 티도 나지 않을 것이었다. 독서준은 기쁜 마음으로 2권의 책을 선정해 가방 안에 넣었다.

"2권밖에 안 가져가는구나."

"이미 가방이 가득해요."

"그럼 그 2권이 뭔지 봐도 될까?"

단순한 호기심이었다. 그저 궁금해서 물어본, 그런 단순하고도 단순한.

"하나는 아까 읽던 거고⋯."

불치병이 걸린 여주가 주인공으로 나오는 책. 해피엔딩을 바라지만 계속해서 세드엔딩의 떡밥이 나오는 것이 결말을 보지 않고는 참을 수 없어 빌리기로 했다.

그리고 또 하나의 책은《나의 인생》.

오기가 생겼다. 저자가 어떤 이야기를 전하고 싶어 이 글을 쓴 깃인지.

"서준아, 미안하지만 그 책 좀 자세히 볼 수 있을까?"

순간 이동재의 낯빛이 어두워졌다. 독서준은《나의 인생》을 이동재에게 넘겨주었다.

"미안하다, 이 책은 빌려줄 수 없겠구나."

독서준은 아무 말도 하지 않았다. 이동재의 표정이, 지금까지

본 적 없는 쓸쓸하면서도 기뻐 보이는 표정을 보이고 있었기 때문이었다.

심지어.

"기다리게 해서 미안했다. 오늘 저녁은 둘이서 먹을 수 있겠니?"

"네, 괜찮아요."

이서아는 살짝 불만이라는 듯이 표정을 찌푸렸다. 어쩔 수 없었다. 저렇게 뛰어가는 이동재의 모습을 처음 보는걸.

"미안해…. 오늘은 나랑 같이 먹자."

독서준을 부른 것은 이동재의 의도. 아마 다른 날에 다시 부를 것이었다. 그렇다고 이 늦은 시간에 그냥 보낼 수는 없었기에 독서준은 이서아를 따라 평범한 식탁에 앉았다.

"평범하네?"

식탁도 부잣집에 나오는 것처럼 으리으리하고 기다란 그런 책상을 살짝 기대했다. 하지만 앞에 보이는 것은 어느 가정집에서나 손쉽게 볼 수 있는 식탁. 목소리를 크게 말하지 않아도 전달이 되는 그런 크기였다.

"응, 아빠가 밥 먹을 때라도 같이 있고 싶다고 해서."

그럴 수도. 오늘 같은 날이 하루 이틀이 아니었을 거다. 이동재가 늦게 오는 것은 이 집안에서 평범한 일일 거다. 오늘은 독서준이 있었기에 이서아가 기다렸지만 평소에는?

아마 이서아 먼저 저녁을 먹을 것이다. 그렇기에 가끔 있는 기회. 그날만큼은 옆에 있고 싶은 이동재의 마음이 아닐까 싶었다.

"괜찮아! 반찬은 호화스러울 테니까."

독서준은 그 말에 살짝 기대하며, 따끈따끈한 접시의 뚜껑을 열어보았다.

독서준과 이서아가 식사를 하는 사이, 이동재는 책을 들곤 어딘가로 달렸다.

이동재가 달려간 곳은 다름 아닌 서재. 마치 비밀 장소라도 있는 듯이 조심스럽게 한 권의 책을 뒤로 눌렀다.

쿵 하는 소리와 함께 열리는 책장 뒤 비밀의 장소.

그곳에는 《나의 인생》과 같은 표지를 가진 책이 50여 권 꽂혀 있었다. 그 사이에는 책 하나가 들어갈 정도의 크기가 비어 있었다. 이동재는 그곳에 지금 들고 있는 책을 집어넣었다.

이제는 빈틈없이 완벽해진 책장.

이동재는 잠시 멈춰 흐르던 눈물을 소매로 닦고는 밖으로 나갔다. 굳게 닫히는 문과 동시에 다짐했다. 오늘이야말로 말하겠다고. 19년 동안 숨겨왔다. 용서받지 못할 수도 있었다. 하지만 말할 것이다. 반드시.

"아, 배부르다."

지금까지 이런 맛있는 음식이 있는지 몰랐다. 차원이 다른 맛에 약간 정신을 잃을뻔한 독서준은 수저를 내려놓으며 그리 말했다.

"시간도 늦었는데 자고 갈래?"

지금 시간은 9시. 손님용 방이 많은 이서아의 집에서는 쉽게 권할 수 있는 제한이었다.

"어떻게 해야 하려나."

약간은 고민했다. 그러나 그 고민은 어느샌가 나타난 이동재로 인해서 금방 해결되었다.

"부모님도 걱정하실 테니까 오늘은 돌아가는 게 어떨까? 집사님, 서준이 좀 태워주세요."

아무 말도 듣지 않고 일사천리로 진행하는 이동재. 저런 모습도 있었나 의외라고 생각하고 있을 때, 이미 처음에 봤던 노인 집사가 가방을 차 안에 놓고 독서준을 데리러 왔다.

"어…. 안녕히 계세요."

할 수 있는 것이라곤 꾸벅이며 인사할 수밖에 없는 독서준에게 손을 흔들어 주며 이동재는 독서준이 나가는 것을 눈으로 확인했다.

"평소 아빠답지 않네."

독서준이 나가자마자 이서아가 말을 꺼냈다. 그녀도 느끼고 있었다. 이동재가 평소와 무언가 달라 보인다는 것을. 정확히 무엇이 달라졌냐고 물어보면 답할 수 없었다. 하지만 마치 무언가를 각오한 사람인 것처럼 강력한 의지가 그의 눈에 심겨 있었다.

"서아야 잠깐 따라와 볼래?"

약간은 떨리는 이동재의 목소리. 입가에 살짝 묻어 있는 소스를 닦아내고는 곧바로 따라 나갔다. 긴장됐다. 대체 무슨 말을 하려고 이러는 걸까.

설마 내가 친딸이 아니라는? 그럴 리는 없겠지. 신생아 때부터의 사진이 앨범 3개로도 부족할 정도로 넘쳐났는걸.

"서아는 엄마가 왜 죽었다고 알고 있어?"

갑자기 이걸 왜 물어보는 것일까. 엄마는 길을 걷다 신호를 무시한 자동차로 인해서 죽었다. 내가 태어나고 딱 1주일 후에. 딱히 아무런 생각도 들지 않았다. 엄마라고는 하지만 유대감은 없었다. 그저 타인의 사인을 말하는 듯이. 이서아는 덤덤하게 물음에 대답했다.

"상상병…."

"그게 왜?"

"이제는 진실을 알려줄 때가 온 거 같아서 말이야."

철컥. 책장 뒤 숨겨진 공간이 모습을 드러냈다. 이 집에서 태어나고 평생을 살아온 이서아도 모르는 장소였다. 사람 열 명이 들어가도 여유 있을 정도의 크기. 그녀는 이 방이 대체 무엇을 위해 존재하는지, 갑자기 자신에게 알려준 이유는 무엇인지. 여러 의문이 떠올랐다.

이서아는 조심히 걸어 다니며 주위를 돌아보았다. 그러고는 발견할 수 있었다. 아까의 그 책.《나의 인생》을.

"이게 왜 여깄어?"

물었다. 의도를 가지고 물어본 것은 아니었다. 그저 평범한 궁금증. 독서준에게 빼앗은 책이 왜 이곳에. 그리고 한 권도 아닌 수십 권의 책이 대체.

이동재는 의자에 앉으며 이서아에게도 앉으라고 권했다. 그녀도 일단은 의자에 앉았다.

깊게 숨을 들이마시는 이동재. 대체 어떤 말이 나올까. 덩달아 긴장되는 이서아는 침을 삼켰다.

"사실은 말이다."

이동재는 하나씩 털어놓기 시작했다. 이서아의 어머니이자 자기 아내, 최아윤에 대해서.

*

마치 고화질 카메라로 영상을 찍은 듯이. 최아윤과 처음 만난 날은 아직 선명히 기억났다. 꽃이 서서히 피는 봄의 어느 날. 운명이라도 되는 듯이 아주 우연히 만났다.

언제나처럼 책을 빌리기 위해 동네 도서관으로 향했다. 사서와도 친해질 대로 친해져 다른 사람은 3권의 책을 빌려 갈 때 이동재는 혼자서 제한 없이 마음대로 빌려 갈 수 있었다.

그렇다 하더라도 하루도 빠짐없이 출석이라도 하는 듯이 도서관에 다녀왔다. 아무리 많은 책을 빌려도 하루면 그 책을 전부 읽기에는 충분했으니까.

밖에 나가서도 놀지 못하는 친구도 없는 인생. 그의 인생에 남은 것은 오직 공부를 위한 두뇌와 잠깐의 휴식을 위한 책뿐이었다.

그날은 달랐다. 평소에 계시던 사서가 아닌 처음 보는, 도서관 자체가 처음인 듯한 사람이 카운터에 앉아 있었다. 명찰에는 최아윤이라는 이름이 달려 있었다. 그녀는 초보 중의 초보인지 바코드도 제대로 찍지 못해 조금 많은 사람이 자신의 순서를 기다리고 있었다.

하는 수 없었다. 이동재는 책장으로 가려는 자기 발을 멈춰 세운 후 최아윤 옆, 준비된 다른 의자에 앉았다. 그러고는 외쳤다.

"두 줄로 서주세요."

뒤에 서 있는 사람한테는 들리겠지만 도서관 안에서 책에 집중하고 있는 사람들한테는 들리지 않을 정도의 목소리. 이동재의 목소리를 들은 손님들이 그의 쪽으로 몰려와 길었던 줄은 끝이 보일 정도로 짧아졌다.

이윽고 마지막 바코드 소리와 함께 책을 빌리려는 사람이 없어졌을 때.

"가, 감사합니다."

최아윤이 조용한 목소리로 말을 걸었다. 당연한 일이라고 생각한 이동재는 잠시 눈웃음을 지어준 다음에 그녀에게 궁금했던 것을 물어보았다.

"여기 원래 있던 사람은 어디 갔어요? 바코드 찍는 법 다른 사람이 알려주지 않았어요?"

등등. 질문의 쇄도가 이어졌다.

"하나씩! 하나씩 설명해 드릴게요."

최아윤은 최대한 침착을 유지하며 이동재의 질문에 하나씩 답변을 해주었다.

최아윤은 원래 있던 사서의 딸. 사서가 사정이 생겨 나오지 못하게 되자 어쩔 수 없이 그녀의 딸이 대신 나오게 된 것이었다. 그리고 바코드를 찍는 법은 말로만 듣고 실전에서 보지 못해서 할 수 없었다고 했다. 무슨 말인지 살짝 이해가 가지 않았지만, 그저 그렇구나 하고 수긍하며 넘어갈 수밖에 없었다.

"아 그리고! 이거…."

최아윤이 건네준 두툼한 크기의 봉투. 살짝 열어 확인해 보니 노란색의 5만 원권이 뭉치로 들어 있었다. 화들짝 놀란 이동재는 그 봉투를 다시 돌려주었다. 하지만 그녀는 완곡히 거절하며 몇 번이나 다시 건네주었다.

그녀의 의지를 꺾을 수 없다고 생각한 이동재는 어쩔 수 없이 봉투를 받으며 다시 한번 그녀에게 물었다.

"이걸 왜 주는 거야?"

"엄마가 말했거든요. 분명 사람이 몰려 있을 때 도와주는 사람이 올 거라고. 그럼 이 봉투를 그 사람한테 주라고 했어요."

그런가…. 전부 사서의 생각대로.

"근데 이렇게 큰돈을 줘도 돼?"

"아, 괜찮아요! 돈은 많거든요."

"많다고?"

"예! 이 도서관도 저희 건데요?"

사서와 친하게 지내며 서로 많은 것을 얘기했다고 생각했다. 그러나 지금까지 모르던 새로운 사실을 알아버렸다. 그것도 2가지나, 충격적인!

뭔가 여유가 있어 보이는 것이 어른이어서가 아닌 돈이 많아서라는 것을 깨닫고는 살짝 웃음이 났다.

어차피 그 비밀을 알았다고 해서 지금과 달라질 것은 없다고 생각했다. 아마 지금 생긴 일을 끝내고 다시 사서가 이 자리로 돌아왔을 때, 어제와 같은 형태로 맞이해 줄 것이었다.

그렇게 생각하며 이동재는 안쪽에서 책 여러 권을 빌려 갔다. 다행히 최아윤은 여러 권의 책을 빌리는 것을 막지는 않았다. 그것에 대해서는 감사히 생각하며 최아윤에게 손을 흔들며 도서관을 나섰다.

이때는 몰랐었다. 더 이상 사서를 만날 수 없을 것이라고.

"언제부터였대요?"

"2년 전, 발견했을 때부터 치료가 불가능한 상태였대요."

검은 옷과 검은 옷이 가득한 이곳. 주변에서는 슬피 우는 곡소리와 아무 말 하지 않고 술을 홀짝 마시는 소리가 귓속 가득히 들려왔다. 돈이 많다는 것은 거짓이 아니었다는 듯이 많은 사람이 모여 발 디딜 곳도 마땅치 않았다.

"오셨어요?"

상주 옆에 서 조문객을 맞이하고 있는 최아윤. 이미 울대로 울어 지친 것인지 목소리는 모두 쉬고 눈가와 코 주변은 빨갛게 색칠되어 있었다.

이동재는 최대한 밝은 표정을 지으며 그녀에게 대답했다. 분명 자신도 슬펐다. 부모를 제외하고 자신을 알고 있는 유일한 사람이었으며 자신이 쉴 수 있는 곳을 언제나 지켜주는 부서지지 않는 수호자 같은 존재였다.

그러나 최아윤의 슬픔은 감히 이해할 수 있는 수준이 아니었다. 절대로 울음을 터트릴 수 없었다.

최아윤을 지나쳐 향로에 초를 꽂았다. 이후 절을 한 다음, 안쪽으로 걸어가 적당한 곳에 자리를 잡고 앉았다. 얼마 지나지 않아 음식이 나왔다. 오랫동안 먹지 않은 술이건만 오늘만큼은 먹지 않고 버틸 수 없을 것 같았다.

결국 술을 마시며 시간을 적당히 보냈을 때, 누가 오래 있느냐로 싸우는 사서의 돈이 목적인 사람들 사이를 헤집고는 장례식장을 빠져나왔다.

아무 생각이 들지 않았다. 내일이라도 도서관에 가면 웃는 얼굴로 반겨줄 것 같았다. 제발 그럴 수 있기를. 신이 있다면 한 번이라도 더 그녀를 만나고 싶었다. 믿지도 않는 신을 처음으로 믿으며 기도하고 또 기도하며 잠이 들었다.

그렇게 다음 날, 머리가 울리는 듯한 고통을 참으며 따듯한 물로 몸을 씻어내렸다. 약간은 숙취가 깨는 기분. 평소처럼 어제 읽었던 책을 가방에 다시 집어넣고는 언제 나의 도서관으로 향했다.

문이 닫혀 있을지도 몰랐다. 그런데도 혹시 모를 가능성을 기대하며 계속해서 걸어 나갔다. 다행이라고 해야 할까. 도서관의 문은 열려 있었다. 약간은 안도한 마음으로 안쪽으로 걸어갔다.

"오늘도 왔네요?"

그곳에는 최아윤이 앉아 있었다. 방긋 웃으며 반겨주는 최아윤의 얼굴을 보니 마치 어제 있었던 일이 거짓이었다는 듯이 느껴졌다. 하지만 최아윤 눈 밑에 깊게 내려진 다크서클은 절대 거짓이 아니라는 것을 증명이라도 하듯 강하게 어필하고 있었다.

이동재는 언제나처럼 가볍게 인사를 하고 책장 앞으로 걸어갔다. 최아윤의 행동을 보면 어제의 일을 잊고 싶은 듯이 보였다. 그런 사람 앞에서 굳이 괜찮냐고 물어보며 그 일을 상기시키는 것은 옳지 않다고 생각했다.

그러나 이번만큼은 달랐다. 평소처럼 카운터에 앉아 있는 것이 아닌 이동재의 뒤에서 조심조심 마치 좀도둑처럼 천천히 발걸음에 맞춰 따라 걸었다. 이동재는 진즉에 그녀를 눈치챘지만 최대한 모르는 척했다.

얼마 지나지 않아 오늘 도서관에서 읽을 책을 고르고, 항상 앉던 자리에 가서 가방을 놓고, 책상 위에 5권의 책을 가지런히 정리했다.

사각사각. 아직도 최아윤은 몰래 숨어 지켜보고 있었다. 나올 생각이 없는 건지, 용기가 없는 건지. 이렇게 지켜본다면 더 이상 책에 집중도 되지 않았다. 어쩔 수 없이 이동재는 의자에서 일어나 그녀에게 다가갈 수밖에 없었다.

"뭐야, 너가 왜 여기 있어."

최대한 우연히 발견한 척. 연기에는 자신 없었지만 그런데도 힘껏 연기해 보았다. 최아윤이 따라온 것을 들켰다는 부끄러움에 창피해하지 않게 하기 위해.

"에?! 아, 그게….'

이동재는 최아윤의 손을 잡고 적당히 사람이 없는 곳을 찾아 앉았다. 어차피 시간도 일러 도서관에는 사람이 없었지만 그래도 더더욱 없는 곳으로 향했다.

"오빠는 꿈이 뭐예요?"

자리에 앉자마자, 최아윤은 이상한 질문을 이동재에게 물었다. 그러고 보니 최아윤은 19살. 곧 있으면 자신의 진로를 확실하게 정해야 할 때이다. 그렇기에 생각해 보면 딱히 이상한 질문은 아니었다.

이동재는 잠시 침묵했다. 자신의 꿈이 확실하다면 당당히 말해줄 수 있건만 그도 아직 자신의 미래를 제대로 정하지 못했다. 어른이라고 확실한 미래를 생각하고 있는 건 아니었다.

"없어. 지금은 하루 벌어 하루 살기도 바쁘거든."

사실이었다. 일할 수 없는 부모, 어려운 형편, 하루 동안 번 돈은 다음 날 바로 써버리는 그런 삶. 그것이 지금 이 형태에 영향을 주지 않았다고 하면 거짓일 것이다.

"그래서 이렇게 책을 읽는 거야. 책을 읽는 시간은 모든 걸 잊게 해주는 동시에 다양한 가능성을 제시해 주니까."

"그래서 책을 읽는 거군요⋯."

"아니아니, 그냥 재밌어서 읽는 게 사실 가장 큰 이유야. 방금 말한 건 그냥 멋져 보이려고 한 말이었고. 그나저나 갑자기 이런 건 왜 물어본 거야?"

"사실은 꿈이 생겼거든요."

"꿈?"

"의사가 되고 싶어졌어요."

최아윤의 어머니는 자신이 죽기 전까지 최아윤에게 자신의 병을 말하지 않았다. 나름대로 수험생인 그녀에게 방해되지 않게 하기 위한 행동이었겠지만 오히려 그녀는 이렇게 생각하게 되었다.

자신은 도움이 되지 않으니까 알려주지 않았다고. 절대 그런 것이 아니었다. 하지만 어쩔 수 없었다. 아무리 좋게 생각한다고 하더라도 최아윤은 이렇게 생각하는 것이 최대였다.

"그래? 그럼 도와줄게."

자연스럽게 나온 말. 읽었던 의학책만 하더라도 작은 도서관을 차릴 정도다. 현장의 긴장감을 알려줄 수는 없지만, 이론적인

지식은 전부 알려줄 수 있었다.

"정말요?!"

"알려줄 수 있는 건 한정되어 있긴 하지만. 그래도 도움이 되긴 할 거야."

"그, 그럼 당장 시작해요!"

이때는 몰랐다. 이것이 모든 것의 시작이 될지를.

"수고하셨습니다."

"그래, 조심히 들어가라."

그렇게 도서관에서 공부를 알려준 지 한 달. 최아윤의 머리가 좋은 것인지 이동재의 가르침이 훌륭한 것인지. 배움은 빠른 속도로 흘러갔다.

다니고 있던 알바는 그만뒀다. 대신 최아윤이 과외비라고 주는 돈으로 생활을 이어나가게 됐다. 처음에는 과외비만으로는 3인 가족을 부양하기에는 부족할 것이라고 생각했지만 건네준 돈을 받고는 바로 그만두기로 결정했다.

그리고 긍정적인 부분이 생겼다. 꿈이 생겼다. 선생님이라는 꿈이. 가르침을 주다 보니 가르치는 것에 흥미를 느꼈다. 제자라할 수 있는 최아윤의 성장을 보니 스스로 자부심을 느꼈다. 아직 최아윤에게는 말하지 않았지만, 그녀가 의대에 합격하고 나서는 이동재 또한 교대에 들어갈 생각이었다. 그러기 위해서 필요한 공부는 시간 날 때마다 틈틈이 하고 있었다.

어둠으로 가득 찬 미래에서 손전등을 들고 설 수 있게 되었으며. 어느새 가로등이 곳곳에 박혀 있는 밝은 거리로 변해 있었다. 행복했다. 그러나 방심하지 않았다.

행복이 가장 불행할 때 찾아온 것처럼, 불행은 가장 행복할 때 찾아오니까. 조심하고 또 조심했다.

그렇게 시간은 훌쩍 지나가, 입시 결과가 나오는 날이 되었다.

결과는 당연히 합격. 긴장거리도 되지 않았다. 오히려 나중에 하는 수능 만점자 인터뷰가 더 떨릴 정도였다. 이동재도 마찬가지. 심지어 그는 24살이었다. 뉴스에는 분명 5번의 굴복에도 좌절하지 않았다는 그런 뉘앙스를 풍기는 헤드라인의 기사가 나올 것이었다.

"오빠!"

둘은 우연히 같은 학교에서 시험을 보았기에 교문 앞에서 바로 만날 수 있었다. 쉬는 시간에도 만나도 됐지만, 집중력에 영향이 갈 것이라고 생각한 이동재는 단단히 고지했다. 찾아오지 말라고. 그래도 점심시간에는 같이 밥을 먹으면서 마지막까지 단어를 암기하기는 했다.

이동재는 가방을 앞으로 메고는 달려오는 최아윤을 보고 살짝 물러섰다. 저 속도로 치인다면 최소 전치 3주이니라. 그런 그의 행동을 보고 그녀의 볼은 마치 복어가 천적을 위협하듯 부풀어 올랐지만, 그저 귀여울 뿐이었다.

"가자."

대신 최아윤의 팔목을 잡고는 학교 옆에 주차해 두었던 차로 걸어갔다. 약속했었다. 오늘의 저녁은 자신이 사기로. 특별한 음식은 절대 아니다. 그러나 자신의 추억이 있는. 그러한 곳으로 데려갈 생각이었다.

"여기…. 맞아요?"

최아윤의 얼굴에 약간의 실망이 묻어 있었다. 그럴 만도 했다. 이동재가 데려온 곳은 어디에서나 간단하게 먹을 수 있는 순대국밥집이었으니까.

심지어 최아윤의 집 옆에는 전국에서 맛집이라고 소문난 그런 집도 있었다. 그런 곳도 아닌 이런 곳이라니. 평소에도 알고 있었지만, 이동재의 센스가 오늘따라 더 없어 보인 그녀였다.

"다녀왔습니다."

다녀왔다는 이동재의 말. 왜 안녕하세요가 아닌 다녀왔습니다일까. 여기에서라도 생각해 보았으면 좋았을 테지만 그녀에게 그럴 여유 따위는 없었다.

"그래 시험은 잘 봤고?"

"당연하죠. 나중에 인터뷰나 어떻게 할지 생각해야 할 수준이라니까요."

"그래그래, 어서 앉아라."

익숙한 듯이 사장과 대화하는 이동재. 언뜻 보니 이동재와 아주 닮아 있었다.

"설마 여기는….."

아무리 눈치 없는 사람이라 하더라도 이 정도는 알 수 있었다.

"맞아, 우리 부모님이 운영하는 가게야. 언젠가 말해줘야지 생각하고 있어서 이렇게 온 거야."

이동재의 부모는 분명 아무것도 하지 않는, 목숨을 제외한 인생의 모든 것을 포기한 그런 사람이었다. 하지만 그들도 아들의 변화를 보며 아무것도 느끼지 않는 것은 아니었다. 점점 변하는 아들을 바라보며 자신들도 변해야 한다고 느꼈다. 심지어 갑자기 늘어난 수익 덕분에 여유가 생긴 그들은 조그마한 음식점 정도는 차릴 수 있는 수준이 됐다.

이 모든 것은 최아윤 덕분. 이동재는 그녀에게 감사를 표하기 위해 오늘 이 자리를 마련한 것이었다.

"뭐예요. 진짜…. 저는 그런 줄도 모르고…."

"고마워. 전부 너가 있어 준 덕분이야."

처음 들은 말이다. 지금까지 인생에서 자신을 필요로 한 사람은 없었다. 지위만큼은 이용하려는 사람이 넘쳤지만, 진정으로 자신을 이해해 주는 사람은 지금, 이 순간에 처음 본 것이다.

살짝 눈물이 새어 나올뻔했지만 질끈 삼아 참았다.

"그러면 저 소원 하나 들어주세요."

"소원? 내가 할 수 있는 거라면 뭐든지. 그거 가지고는 이 감사를 전할 순 없겠지만."

"괜찮아요. 그냥 소원 하나만 들어주면 돼요."

"알겠어. 그럼 소원이 뭔데?"

"비밀! 숨기는 게 많아야 더 매력적으로 보이거든요!"

"그럼 소원을 들어줄 수 없는데?"

"괜찮아요. 내년 1월 1일. 그때 말할 테니까."

어쩔 수 없었다. 저 막무가내로 나가는 그녀를 막을 수 있는 사람은 아무도 없었다.

서로 즐겁게 대화하다 보니 어느새 국밥은 식탁 위에 올라와 있었다.

지금까지 먹었던 어느 음식보다 맛있다고 생각한 최아윤은 조용히 이 가게의 번호를 저장했다.

오늘은 최고로 행복한 날이었다. 이 행복은 그 누가 와도 깨트리지 못할 것이다. 그리 생각하며 새로운 1년을 기다렸다.

*

시간은 빠르게 흘러 어느새 텔레비전에서 종 치는 것을 모든 방송사에서 보여주고 있을 때.

- 카톡!

[최아윤: 내일 9시! 절대로 늦지 마세요!]

최아윤에게서 카톡이 도착했다. 동시에 주변 모든 집에서 종소리를 듣는 것인지 사방에서 33번의 종소리가 울려 퍼졌다.

종소리도 들었겠다. 새해부터는 바른 생활하기로 마음먹은 이동재는 바로 침대에 누워 잠을 청했다.

드드드드…. 지진보다 강하게 느껴지는 휴대폰의 진동이 영원히 깨고 싶지 않은 꿈만 같던 꿈을 시끄럽게 깨웠다. 새해 다짐을 벌써 잊은 듯이 뭉그적거리며 일어나 화장실로 달려가 물만 묻히는 세수를 한 다음 시계를 바라보았다. 9를 향하고 있는 시침.

지각이었다.

가는 데까지는 그리 오래 걸리지 않았다. 걸어서 10분 거리인 언제나 가던 도서관이니까. 하지만 대충 나갈 수 없었다. 어찌되었든 약속은 약속. 늦는 것도 민폐지만 헝클어진 머리에 다 꾸겨진 옷을 입고 나가는 것도 민폐라고 생각했다. 그러나 둘 중 더 민폐는 무엇일까.

"그래, 모자 쓰면 어떻게든 되겠지."

옷은 어제 꺼내둔 옷이 있었다. 어제의 자신을 칭찬하고는 누구보다 빠른 속도로 옷을 갈아입었다. 약속 장소에 나가니 약간은 떨고 있는 최아윤이 있었다. 왼손에 찬 시계를 확인해 보니 아직 약속 시간까지는 조금 남아 있었다. 이동재는 바람이 부는 쪽을 등지고는 말을 걸었다.

"일찍 왔네?"

"아니에요, 방금 왔어요."

"다행이네, 그럼 갈까?"

둘은 익숙한 듯이 차를 향해 걸었다. 자연스럽게 조수석에 탄 그녀는 이동재에게 물었다.

"오늘 어디 갈 거예요?"

"어, 어디 가고 싶은 곳 있던 거 아니었어?"

"딱히 그런 건 아니었는데…. 아! 여기 한번 가볼래요?"

내비게이션에 어떤 장소를 찍었다. 추억의 장소. 익숙한 도로를 능숙하게 밟아가며 그곳에 금방 도착할 수 있었다.

"진짜 오랜만이다."

"그러게요. 나중에는 우리 집에서 공부했으니까요."

그들이 같이 간 곳은 이동재가 언제나 다니던 도서관이었다. 하지만 그도 이곳에 오지 않은 지 몇 달은 됐다. 정확히는 도서관 자체를 가지 않은 지 꽤 됐다.

그렇다고 책을 읽지 않게 된 것은 아니었다. 최아윤에게 돈을 받고 새로운 문화를 접하며, 최신식 스마트폰을 가져보니, 휴대폰으로 책을 읽을 수 있다는 것을 알 수 있었다. 더 이상 돈을 아낄 필요는 없었다. 스마트폰에 수백, 수천 권의 책을 구매한 후 읽기 시작했다. 도서관에 더 이상 갈 이유는 없었다.

"그러고 보니 이 도서관 지금 누가 관리하고 있어?"

최아윤의 어머니가 죽고 얼마 지나지 않아, 그녀는 가족 모두와 연을 끊었다. 욕망에 가득 찬 눈을 버틸 수 없을뿐더러 그것이 모두에게 이득이 되는 행동이었다. 단 한 명. 그녀의 할아버지만을 제외하고.

유일하게 최아윤을 인간으로서 대해준 할아버지. 최아윤의 모든 자금은 사실상 할아버지에게 나온다고 해도 과언이 아니었다.

하지만 이 도서관은 할아버지의 소유물이 아니었다. 어찌 보면 당연히 최아윤의 것이 되어야 하지만 그들은 아직 최아윤이 성인이 아니란 이유로 이 도서관을 차지하려고 했다. 대체 이 도서관이 뭐가 좋다고.

"제가 여기 왜 왔겠어요!"

"아, 이제 네 거야?"

"반응이 재미없어요. 예, 제 겁니다 이제."

다행이라고 해야 할까. 소유권이 누군가에게 넘겨지지 않게 할아버지가 최대한 막은 모양이었다. 자신의 소중한 보금자리이기도 한 이 도서관을 지켜준 얼굴도 모르는 할아버지에게, 이동재는 약간의 감사 인사를 건넸다.

"자자, 추우니까 슬슬 들어가요."

"입구는?"

언제나 양쪽 문을 활짝 열고 환영해 주었던 문이 보이지 않았다. 최아윤은 야간 어리둥절하고 있는 이동재의 손을 잡고는 어딘가로 끌고 갔다.

"여기 원래 창문 있던 위치 아니었어?"

"헉! 그걸 알아채시네요!"

"게다가 뭐야, 이 구조는."

모든 구조가 바뀌어 있었다. 창문이 있던 곳에는 문이 있지 않나 문이 있던 곳에는 벽이 있지 않나. 또 책장들은 뒤죽박죽되어 위치를 알기 어려워졌다. 대체 왜 이렇게 바꾼 것일까.

"원래부터 하고 있던 공사였어요."

"원래부터?"

"네, 오빠가 우리 집에서 공부를 알려주기 시작한 다음 날이었나? 그때부터 시작한 거예요."

이 도서관의 창문은 대부분 북쪽을 향하고 있었다. 그것은 이 도서관이 여름에는 더 덥고 겨울에는 더 춥게 만들었다. 그것뿐만이 아니었다. 대체 처음 설계할 때 설계자가 무슨 생각으로 했는지 알 수 없는 건축물이었다. 그렇기에 기회가 된 지금, 잘못된 모든 부분을 싹 다 고쳤다.

"이건 뭐야?"

"아, 아무것도 아니에요!"

덤으로 최아윤의 개인적인 취향을 더하여.

"뭐 전보다는 나은 거 같네."

"당연하죠! 여기다가 대체 얼마를 쏟아부은 줄 아세요?"

이 정도 시설이라면 다시 도서관에 올 이유가 생겼다고 할 수 있었다.

"그래서 이 도서관은 언제 열 건데?"

언뜻 보기에 공사는 전부 끝난 듯이 보였다. 그러니 이런 외부인이 자유롭게 다닐 수 있는 거겠지만.

"예? 안 열 건데요?"

"어?"

살짝 기대했다. 햇빛이 잘 드는 자리에 앉아 따스한 햇볕을 받으며 조용히 책을 넘기는 자신을. 잠깐 행복했던 상상. 손도 잡지 못했는데 벌써 놓아주게 생겼다.

"여기는 이제 제 집 겸, 도서관이거든요. 누가 집에 모르는 사람을 초대하겠어요."

"…집이라고?"

대체 무슨 말을 하는 거지? 이곳은 도서관이지 집이 아니다. 그러나 그녀의 얼굴에는 거짓 하나 보이지 않았다. 1년이라는 시간을 함께해 보니 알 수 있었다. 최아윤은 거짓말을 할 때면 반드시 눈을 피했다.

지금 당당하게 쳐다보는 저 두 눈에는 이 말이 진실이라고밖에 이해할 수 없었다.

"그럼 잠은 어디서 자는데?"

"숙녀의 침실을…!"

"시끄럽고 안내나 해."

헛소리하려는 최아윤의 말을 끊고는 그녀의 옆에 섰다. 투덜거리며 걸어가는 그녀. 간간이 이동재가 책을 구경할 때는 걸음을 멈춰주었다. 5분 정도 걸었을까. 드라마에서만 본듯한 거대한 철문이 그들을 맞이하고 있었다. 최아윤과 이동재는 각각 한쪽 문을 잡고는 힘껏 그 문을 밀었다.

"……."

"멋지죠?"

"그래, 멋지네."

방금 열었던 문이 이 세계로 향하는 문인 줄 알았다. 정도도 적당해야지, 도서관과 문밖의 세상은 다른 세상이라고 할 수 있을 정도로 너무나 달랐다.

"받으세요 이거."

열쇠를 던졌다. 문의 장식과는 다르게 단조로운 디자인의 열쇠. 그 누구도 이 문을 여는 열쇠가 이것이라고는 상상하지도 못할 것이었다.

"이걸 나한테 왜 줘?"

"오빠…."

돌연 최아윤의 눈이 진지하게 바뀌었다. 작년 시험을 볼 때의 눈빛. 그녀는 약간 떨어져 있던 이동재에게 성큼성큼 다가갔다.

"자, 잠깐만. 살짝 떨어지지 않을래?"

숨결이 닿을 정도의 거리. 똑바로 마주하고 싶은 것인지 뒤꿈치를 들어 키를 맞추는 최아윤의 노력이 가상해 보였다.

"대답해 주세요. 제 마음 알죠?"

"……."

이동재는 침묵했다. 모른다고 하면 그것보다 더한 거짓말은 없을 것이다. 하지만 넘어도 되는 선이 있다면 지켜야만 하는 선이 있다. 최아윤이 넘고 있는 선은 넘지 말아야 하는 선이었다.

"저랑 사귀어요."

그래도 혹여나 하는 마음을 가지고 있던 이동재의 희망을 완벽하게 박살 냈다.

"안 돼."

"대체 왜 안 되는 건데요."

"안 되는 건 안 되는 거야. 나는 너랑 사귈 생각 없어."

"…소원이라고 해도요?"

왜 저 말이 나오지 않지라고 생각하던 찰나였다. 아마 예전부터 최아윤은 이날을 목표로 달려왔을 것이었다. 이미 모든 계획을 짜놨을 것이었다. 플랜A가 안 된다면 플랜B를 내놓는 것이 그녀의 방식이었으니까.

"정말 안 돼요…?"

하지만 이건 모두 이동재의 착각. 최아윤에게 플랜B 따위 존재하지 않았다. 애초에 소원권이란 말도 자연스럽게 나온 것뿐, 따로 사용할 곳이 있었다. 최아윤은 서로가 서로에게 호감이 있음을 확실하고는 행동력이 떨어지는 그 대신에 고백했던 것이었다. 그의 승낙은 당연하였고.

계획을 이중, 삼중으로 세워둔다는 말은 그만큼 치밀하다는 것이었다. 하지만 반대로 말하자면 계획 없이는 즉흥적으로 대응할 수 없다는 말과 같았다. 시작부터 계획이 무너져 버린 지금, 발을 동동 구르며 떼쓰는 것이 그녀가 할 수 있는 최선의 수였다.

"그만, 그만하고 멈춰봐."

이 이상은 못 참겠다. 이동재는 최대한 그녀가 납득할 수 있는 범위 내에 조건을 내밀었다.

"너가 아직 사람을 많이 안 만나봐서 그래."

"필요 없어요."

"6개월, 그 후에 다시 말해보자. 그동안 캠퍼스 생활이란 것도 해보고."

"…그동안 여친 사귀기 없기에요."

"나 같은 아저씨를 누가 좋아하게…. 그래, 알겠어."

그녀의 눈에는 아직도 불만이 가득 차 있었다. 하지만 이게 최선임은 그녀도 알고 있었다. 계속해서 징징대는 것은 정만 떨어질 뿐, 아무런 효과가 없다는 것도.

눈 감으면 지나갈 정도로 짧은 6개월이라는 시간. 하지만 그 시간이라면 사람의 호감이 변하기에는 충분한 시간이었다.

…그랬어야 했다.

"오빠, 6개월 지났어요."

6개월 동안 최대한 만나지 않으며 거리를 유지했다. 소문으로는 학과에서 가장 이쁜 사람으로 모두의 호감을 받고 있다 했다. 고백도 몇 번 받았다고 들었다. 하지만 최아윤은 모두 거절했다. 이동재를 잊지 않았다. 시간으로는 지워지지 않을 사랑이었다.

"하아. 알겠어."

그녀의 진심을 알았다. 더 이상 거부할 수 있는 명분이 없었다.

"대신, 나는 그렇게 재미있는 사람이 아니야. 사귀게 된다면

모든 것에 실망할 수도 있고 추억은 추억으로 남겨야 아름다울
때도 있어. 그래도 괜찮은 거지?"

"당연한 걸 왜 묻고 있어요? 당연히 괜찮죠!"

"알겠어, 그럼 오늘부터….'

"1일이에요!!"

생각보다 어색할 줄 알았던 교제 이후의 일은 그리 이상하지
않았다. 애초에 사귀기 전부터 이미 주변에서 커플이라고 생각
할 정도로 가까운 사이를 유지했다. 커플이라고 굳이 더 티 내야
할 이유는 없었기에 전과 같은 행동을 보이고 있었다.

달라진 것이라면 최아윤이 더 이상 존댓말이 아닌 반말을 사
용한다는 점. 친해졌다는 증거이니 처음에는 어색해했던 이동재
도 최대한 좋게 받아들였다.

"나 사실 병이 있어."

1년이 지나 또다시 새로운 연도가 찾아왔을 때, 최아윤이 충격
적인 말을 내뱉었다.

"병이라니? 무슨 병? 설마 갑자기 죽는다는….'

"그런 거 아니야. 사는 데 곤란하기만 하고 목숨에는 지장 없
어."

"……."

"아! 그리고 이제는 익숙해져서 병이란 것도 모르고 있어!"

병이란 걸 모르는 병이 어디 있는가. 이동재는 차분히 최아윤
의 이야기를 들어주었다. 내용이 섞여 있어 이해하기는 힘들었

지만 그래도 들었다. 재채기조차 빠트리지 않고.

그렇게 최아윤의 이야기를 모두 듣고 나니.

"그런 병이 진짜 있어?"

"…의심하는구나."

"아, 아니 의심하는 건 아니고…."

"괜찮아. 처음부터 믿는 게 이상한 거니까."

그녀의 말이 거짓처럼 느껴졌다. 그야 당연했다.

상상을 할 수 없는 병이라니. 상상하게 되면 몸이 아파져 온다니. 지금까지 읽은 의학책과 논문에 전혀 언급되지 않았던 병이다. 만약 그녀의 말이 사실이라면 그녀가 이 병을 가지고 있는 유일한 사람이란 것. 솔직하게 그걸 쉽사리 믿는 것은 그리 쉬운 일은 아니었다.

"여기 이마에 흉터 보이지?"

최아윤이 조심스럽게 앞머리를 올려 구석에 있는 작게 찢어진 흉터를 보여주었다. 지금까지 앞머리를 한 번도 기른 적 없는 최아윤. 그저 자신만의 스타일이라고 생각했건만 저런 이유가 있을 것이라고는 전혀 예상하지 못했다.

"이게 9살 때 계단에서 굴러서 생긴 흉터야."

그녀가 처음 병을 겪은 것은 8살 때의 일. 미술 시간에 자신의 미래에 대해 그려보라고 했을 때다. 어떤 행복한 미래가 기다리고 있고, 자신은 누구와 살고 있을지를 생각하고, 성인이 된 자기 모습, 나이를 먹은 엄마의 모습을 상상했을 때.

쿵! 소리와 함께 의자에서 넘어졌다. 희미한 의식 속에서는 모두가 놀라 어찌할지 모르는 풍경만이 눈을 가득히 채우고 있었다.

다행히 그나마 정신을 차린 교사가 약간은 늦은 119와 보건선생님을 불러 후유증은 남지 않았다. 잘 기억나지 않지만, 의사는 그저 영양 상태가 불균형하다며 편식하지 말고 밥을 잘 먹으라는 처방을 했었다. 지금 보면 그 의사, 아주 돌팔이가 따로 없었다.

그렇게 정확한 병의 원인도 모르고 살아갔다. 가끔 쓰러질 때가 있었지만 계속해서 신체가 문제가 있었다고만 답을 할 뿐. 단한 번도 다른 이유를 말하지 않았다.

그러다 결국 계단에서 굴러떨어지며 흉터가 생겼을 때. 최아윤은 9살의 머리로 어떨 때 자신이 기절하는지 생각해 보았다. 그러고는 알아챌 수 있었다. 상상할 때마다 자신이 쓰러진다는 것을. 하지만 엄마를 제외한 다른 사람들에게는 말하지 않았다. 자신의 약점을 알려야 할 필요도 없을뿐더러 말해봤자 믿어주지 않을 것이 뻔했기 때문이었다.

그 후로는 약간의 실험이 진행되었다. 상상하는 정도에 따른 병의 종류. 기절하거나 감기에 걸린 것처럼 몸이 아파져 오거나, 약할 경우에는 두통으로도 끝날 때가 있었다. 그다음은 컨디션에 따른 상상. 약간은 당연하다고 느껴질 수 있지만 컨디션이 좋지 않을수록 상상으로 인한 피해는 더 강해졌다.

감기에 걸린 날 상상을 해보니 감기가 한 차원 더 업그레이드

되어 독감이 된듯한 느낌을 받았다.

　적당히 실험이 진행됨을 느꼈을 때. 그때부터는 상상하지 않는 법을 연구했다. 5년 정도 걸렸다. 자유자재로 튀어나오는 상상을 막아서는 데까지. 그때의 나이는 이미 17. 연구하기 위해 혼자 있다 보니 친구라는 존재도 없이 산 지 오래였다. 그래서 자퇴했다. 어차피 상관없으니까.

　그렇게 집에 틀어박혀 연구만을 계속하고 이 병을 제외하고는 주변 상식도 점차 잃어갈 때쯤.

　"내일 도서관 좀 대신 가줄래?"

　어머니가 부탁했다. 주기적으로 외출하는 어머니. 원래는 다른 사람한테 부탁하지만, 오늘은 시간이 안 됐나 보다.

　"싫어. 내가 뭘 할 수 있다고."

　"괜찮아. 여기 어떻게 해야 하는지 다 써놨으니까."

　매뉴얼처럼 생긴 다이어리를 받았다.

　"그리고 너가 곤란해하고 있으면 도와주는 사람이 나올 거야."

　"도와준다니. 누가?"

　"그건 가서 확인하고. 누가 도와주면 이거 전해주면서 감사 인사도 건네."

　"…알겠어."

　옛날부터 최아윤은 엄마에게 약했다. 강하게 나갈 수가 없었다. 엄마까지 자신에게 등을 돌린다면 세상에는 정말로 자신의 편이 사라지는 거니까.

처음에는 귀찮았다. 돈도 안 되는 도서관을 굳이 챙겨와 관리한다는 것이. 하지만 지금에 와서는 그 선택을 찬양했다. 그 덕분에 이동재를 만나게 된 것이고, 그 덕분에 꿈을 이룰 수 있으며, 그 덕분에 사랑하는 사람이 생겼으니까.

"더 말하지 않아도 돼. 믿으니까."

"정말…?"

"응, 다만 이 얘기를 왜 지금 하는 거야?"

"1년 동안 생각해 봤는데, 역시 연인 사이에는 비밀이 없어야한다고 생각했거든. 오빠도 뭐 숨겨둔 거 없지?"

"없어. 내가 숨긴다고 숨길 수 있는 사람도 아니고."

"하긴, 오빠는 거짓말하면 티가 나니까."

거짓말을 못하는 건 비단 최아윤만이 아니었다. 세상을 살아가기에는 약간 불편할 수도 있지만 신뢰를 얻기에는 최고의 상대였다.

"휴, 마음 편하다."

더 이상 숨기는 것이 없는 최아윤은 가슴을 쓸어내리며 긴 숨을 내뱉었다.

그렇게 시간은 계속해서 흘러갔다. 행복한 순간에도, 우울한 순간에도. 아무리 잡아도 잡히지 않는.

"벌써 다음 달이면 저희 결혼식이네요."

"그러게, 처음 만났을 때는 이렇게 될 거라고 전혀 상상도 못 했는데."

결혼식은 소소하게 올리기로 했다. 많은 사람을 초대할 수 있는 거대한 식장에서 한다고 하더라도 부를 수 있는 사람도 없었다.

인맥이라고 해봤자 대학 동기가 끝인 둘에게는 스몰 웨딩이 더 어울렸다.

"행복하죠?"

"응, 행복해. 인생에서 이런 기회가 다시 오지 않을 정도로."

"걱정하지 마. 이후로는 계속 행복한 나날이 이어질 테니까…."

가볍게 눈웃음을 보이는 최아윤. 끝없이 이어지는 행복에 더 이상에 불행은 없을 거라고 생각했다. 그렇게 생각했다. 그리고 방심했다.

"이제 곧이네."

"힘들진 않아? 천천히 움직여."

최아윤의 배가 볼록 튀어나왔다. 이름도 이미 정해두었다. 지혜로울 서에 아름답다 아. 이서아라고.

얼마 지나지 않으면 볼 수 있었다. 새로운 생명이 탄생하는 것도, 그 아이가 무럭무럭 자라 성장하는 것도.

아이와 어떤 미래를 그릴지는 이미 구상해 두었다. 세상에서 가장 행복한, 불행이란 것을 모르는 아이로 자라게 할 것이었다.

그렇게 생각했다.

"가, 갑자기 무슨…."

새로운 생명을 맞아 기쁨을 맞이하려는 순간. 하나의 별이 탄생하니 하나의 별이 져버렸다.

이유는 양수색전증. 의사가 실수 하나 하지 않더라도 생길 수 있는 최악의 의료 사고였다.

할 수 있는 건 아무것도 없었다. 의사에게 소리치고 싶었지만 그래 봤자 되돌아오지 않는다는 것을 알고 있었다.

지금 할 수 있는 것이라곤 벽 넘어 새근새근 자는 이서아의 얼굴을 보며 이 슬픔을 잊지 않도록 마음속에 꾹꾹 담아놓는 것뿐이었다.

그러고는 다짐했다. 다시는 이런 비극적인 일이 생기지 않도록 할 뿐이었다. 자신이 스스로 의사가 되는 방법으로.

제3장

운명을 맺지 못하는 우리

"요즘 서아 어디 아픈가요?"

"응? 갑자기 무슨 말이야?"

독서준이 이서아의 집에 놀러 간 지 1주일이 지났다. 다시 부르겠다던 이동재도 아무 말이 없으며 이서아 또한 그날 이후부터 학교에 나오지 않고 있었다.

책을 제외하고 지금 가장 관심도가 높은 이서아가 그런 행동을 보이니 독서준은 궁금하지 않을 수가 없었다. 그렇기에 사서 선생님께 물어봤다. 그녀에게 무슨 일이 생겼는지.

"그게…. 나도 잘 모르겠다. 물어봐도 알려주지 않고. 혹시 오늘 시간 남으면 한번 찾아가 볼래?"

아쉽게도 사서 선생님도 그 이유를 알지 못했다.

연락도 없이 찾아가는 것은 예의에 어긋난 행동임을 알고 있었지만, 이 마음이라면 이서아도 분명 용서해 줄 것이었다.

독서준은 읽고 있던 책을 내려놓고는 가방을 들었다.

"그럼 한번 가볼게요."

저녁은…. 갔다 와서 먹어도 늦지 않을 것이었다. 혹여나 일이 잘 풀린다면 이서아의 집에서 먹을 수도 있었다. 그래도 가는 길에 있는 편의점에는 들렀다. 그들에게는 아무것도 아니겠지만 음료수라도 사 가는 것이 예의니까.

이서아의 집은 차를 타고 가본 적밖에 없지만 길은 기억하고 있었다. 기억하고 있다고 말하는 것보다 원래부터 알고 있었다. 저 거대한 집에 누가 살고 있는지 궁금했으니까.

사실 독서준이 관심이 없어 인제야 그곳에 사는 사람이 이서아라는 것을 알았지, 이 주변 대부분의 사람은 그곳에 이서아가 살고 있다는 것을 진작 알고 있었다.

학교에서 걸어서 20분 정도의 거리. 차를 타고 갈까 걸어갈까 살짝 고민했지만 결국에는 걸어가기로 했다.

그렇게 몇 번인가 다칠뻔한 사고를 간신히 피하고는 이서아의 집에 도착할 수 있었다.

- 띵동.

거대한 철문 앞에 서서 초인종을 눌렀다. 아무런 반응이 돌아오지 않았다. 듣지 못했나 싶어 한 번 더 눌러보았다. 역시나 문은 열리지 않았다.

생각해 보면 저 안에 있는 수많은 사람이 전부 초인종 소리를 듣지 못했다는 것은 말이 안 됐다. 애초에 이 문을 담당하고 있는 사람이 따로 있을 것이었다. 그런데도 열어주지 않는다는 것은 이서아 혹은 이동재의 의지임이 틀림없었다.

그러나 독서준이 아쉬운 마음을 뒤로한 채 집으로 가기 위해 발을 돌렸을 때. 끼익거리는 소리와 함께 문이 열렸다. 사람도 나오지 않고 아무런 안내도 없었다. 이 문이 정말로 자신을 위해 열린 것인가 의문이 들었다.

하지만 이곳에서 오류 같은 것이 생길 것이라고 생각하지 않은 독서준은 안쪽을 향해 걸어갔다.

조금 걸어야 도착할 수 있는 집. 차를 타고 갔던 전과는 다르게 이번에는 걸어갔기에 주변 풍경을 더 자세히 구경할 수 있었다.

처음 보는 꽃에 처음 보는 나비. 백과사전을 가방에서 꺼내 어떤 이름을 가졌는지 확인해 보았다. 저 꽃은 어떤 생존방식을 선택했고, 저 나비의 패턴은 어떤 효과가 있는지. 조금은 힘들 수 있는 길이었지만 그렇게 구경하며 걷다 보니 어느새 집까지 금방 도착할 수 있었다.

독서준은 다시 한번 초인종을 눌렀다.

- 철컥.

아직 땡동의 동도 듣지 못했건만 초인종을 누르자마자 무서운 속도로 문이 열렸다. 전에 봤던 그 집사다. 검은 머리 사이로 약간씩의 흰머리가 보이는 나이 많은 집사. 하지만 허약해 보인다고 묻는다면 절대 그렇지 않았다. 몸을 단련하는 것을 하루도 빼먹지 않은 것인지 근육으로 갑옷을 입은 듯이 몸이 단단했으며 눈매는 어찌나 사나운지 앞에 서기만 해도 모든 의지를 잃어버릴 것만 같았다.

"들어오시죠."

그런 사람이 방긋 웃으며 독서준을 안내했다.

"저, 저기…."

"그냥 집사라고 부르면 됩니다."

"그럼…. 집사님."

"예, 무슨 일인가요."

독서준은 고민했다. 이걸 눈앞에 있는 집사에게 물어봐도 되는지. 하지만 이미 말을 걸었다. 고민을 해봤자 의미도 없었기에 바로 물어보기로 했다.

"서아한테 무슨 일이 생긴 거죠?"

"아, 그거 말입니까."

"……."

"비밀입니다. 어차피 곧 만나실 테니 직접 물어보시는 게 어떠신지."

역시나 집사는 이서아에게 생긴 일에 대해서 대답하지 않았다. 직접 만나기 전에 미리 알고 있는 것이 더 도움이 될 거 같아 물어봤지만 역시나는 역시나였다.

"어? 이쪽으로 가는 거 아닌가요?"

전에 왔을 때 이동재를 기다렸던 장소. 사람과 사람이 대화하기에는 그곳보다 좋은 곳이 없다고 생각했기에 이번에도 당연히 그곳으로 가는 줄 알았다. 그러나 집사는 길이라도 잃었는지 그쪽이 아닌 이상한 쪽, 위를 향하는 계단으로 향하고 있었다.

"저는 여기까지입니다."

그때 집사가 자신은 이곳에서 더 움직일 수 없다며 걸음을 멈췄다. 어디로 가는 건지 설명도 해주지 않고 멈추는 것이 어이없어 순간 헛웃음이 나온 독서준이었지만 차분히 진정한 다음 이유를 물어보았다.

"비천한 제가 어찌 하늘을 걷겠습니까."

이해할 수 없는 말.

"계단을 끝까지 올라가 오른쪽으로 멈추지 않고 쭉 가시면 방이 하나 있을 겁니다. 그곳에 이서아 님이 계시니 노크하신 후 들어가시면 됩니다."

"예? 그게 무슨….."

"계단을 끝까지 올라가….."

몇 번을 물어보아도 NPC처럼 같은 말만 반복하는 집사. 이 이상 묻는 것이 시간 낭비임을 깨달은 독서준은 어쩔 수 없이 계단을 쳐다보지도 않고 꿋꿋하게 서 있는 집사의 뒤를 지나 올라갈 수밖에 없었다.

계단을 올라가는 도중에도 힐끔힐끔 집사를 쳐다보았지만 한 치의 미동도 보이지 않았다. 하늘에게 고개를 숙인 인간처럼.

"여기서 오른쪽⋯."

계단을 다 올라간 2층에는 3갈래의 길이 있었다. 앞쪽과 왼쪽을 쳐다보았지만, 불이 전부 꺼져 있어 무엇이 있는지 하나도 알 수 없었다. 반면에 오른쪽 길은 눈부실 정도의 빛이 켜져 있었으며 바닥에는 먼지 한 톨 보이지 않고 원목으로 된 바닥에는 자기 얼굴이 비칠 정도였다.

이 집을 청소하는 사람들을 감탄하며 천천히 걷다 보니, 마지막 방으로 보이는 생각보다 수수한 문이 정면에서 기다리고 있었다.

아마 이 방 안에 이서아가 있을 것이다. 독서준은 똑똑똑 노크했다.

아무런 대답이 들리지 않았다. 독서준은 다시 한번 문을 두들겼다. 역시나 돌아오지 않는 대답.

"설마⋯."

이서아에게 무슨 일이 생긴 건 아닐까. 불안한 마음이 정신을 급습해 올 때.

"드, 들어와도 돼."

약간은 숨 차 보이는 이서아의 대답이 돌아왔다. 약간 의미심장한 기분이 들었지만 들어가도 된다는 허가도 받았으니 독서준은 문을 열어 방으로 들어갔다.

그리고는 알 수 있었다. 이곳이 어떤 방이었는지.

"청소⋯했던 거야?"

이서아 본인의 방. 그녀의 침대, 옷장 등등 모든 것이 이곳에 있었다. 생각보다 깔끔해 보이는 방에 한번 놀랐으며 터질 것만 같은 옷장을 보며 열어보지 않기로 다짐했다.

"일단 이거 마셔."

본인이 먼저 물을 마시는 것이 급해 보이건만 이서아는 독서준에게 차를 권했다. 미니 냉장고에 들어 있어 시원한 차는 살짝은 긴장됐던 마음을 풀어주었다.

이윽고 이서아의 숨 고르기가 적당히 끝났을 때. 책상 의자에 앉아 있던 독서준은 의자를 이서아가 앉아 있는 침대 앞으로 끌고 왔다.

확실하게 들을 것이었다. 그녀가 말하기 싫다면 어쩔 수 없었지만, 이곳까지 불렀다는 것은 말할 뜻이 있다는 것.

이서아는 말하기를 고민하는 듯이 몇 초간 입만을 뻥긋거렸다. 독서준은 침묵을 유지하며 그녀가 먼저 말을 꺼내기를 기다렸다. 이윽고 입에서 머금고만 있던 말이 자유롭게 풀어질 때.

"엄마가 죽은 게 나 때문이더라."

충격적인 말이 이서아의 입에서 흘러나왔다.

이서아는 자신이 태어나기 전, 자신의 아버지인 이동재의 얘기를 시작했다. 이야기는 꽤 길어졌다.

페트병 정도 크기에 담겨 있는 차를 다 마실 때까지 이야기가 끝나지 않았으니.

결국 말을 하다 목이 마른 이서아가 냉장고에서 캔 음료수를 꺼내 3개 정도 먹으니, 그제야 이야기가 끝났다.

독서준은 아무 말 하지 않았다. 어떤 말을 해야 할지 몰랐다. 그저 옆에서 훌쩍거리고 있는 그녀의 등을 토닥여 줄 뿐이었다.

그렇게 얼마나 지났을까. 살짝 상기된 얼굴을 보인 이서아는 진정이라도 된 듯이 방금의 상황을 떠올리며 이불 속에 숨어버렸다. 이미 독서준은 그녀를 적당히 진정시킨 후 떨어져 책을 읽고 있었지만.

다시 생긴 어색한 공기의 하모니. 이서아는 생각이 모두 정리된 후 독서준을 부른 것이지만 직접 말을 꺼내며 자신의 어머니가 죽은 이유를 떠올리니 슬픔의 파도에서 벗어날 수 없었다.

독서준은 각오를 굳게 다진 이서아가 자신의 앞에서 그런 약한 모습을 보일 줄 몰랐다. 무슨 말을 해도 독이 될 것 같은 이 분위기에서.

- 꼬르륵….

독서준의 배꼽시계가 소리를 냈다.

"저녁 먹을래?"

덕분에 이서아는 침묵을 깨고 말을 꺼냈으며. 독서준은 평소보다 격한 끄덕임으로 대답했다.

"그럼 먼저 가 있어. 난 준비 좀 하고 갈 테니까."

준비라. 밥 먹는 데 무슨 준비가 필요한지는 모르겠지만 일단은 알겠다고 하며 독서준은 밖으로 나갔다. 몇 번 오지 않아 방들의 정확한 위치는 모르지만, 최소한 식당의 위치는 정확히 알고 있었다. 모른다고 해도 냄새만 따라가면 되는 일이었기에 그리 어려운 일은 아니었다.

희미한 카레 냄새가 코를 찌르니, 오늘 저녁이 기대되지 않을 수 없었다.

- 또각또각.

독서준이 계단을 내려가는 소리가 들리고. 가만히 서 있던 이서아는 아무도 없는 방에서 조용히 서랍을 열었다. 3개의 열쇠로 꽉꽉 닫혀 있는 조그마한 크기의 서랍. 태어날 때부터 지금까지 한 번도 열린 적이 없었다. 지금까지 이 서랍을 열어보려고 한 적도, 열쇠를 찾아보려고 한 적도 없었다.

그러나 이동재의 말을 듣고 왜인지 모르게 이 서랍을 열어보고 싶다는 생각이 강하게 들었다. 그래서 열었다. 열쇠로 열지 않은 자물쇠가 서랍을 망가트리기는 했지만 그럴만한 가치가 있었다.

《나의 인생》.

서랍 안에 들어 있던 물건이었다. 분명히 자신의 아버지는 이 책의 전권을 찾았다며 자신에게 이야기를 들려주었다. 그렇다면 눈앞에 있는 이 책은 무엇인가.

설렘 반, 두려움 반의 기분으로 책의 첫 페이지를 넘겼다.

"뭐야 이거…."

그러나 설렘이 반이나 차지하고 있던 기대감은 어느새 두려움만이 남게 되었다.

[차에 치여 다칠 뻔한 독서준을 구해주었다.]

[관심을 끌고 싶어 책을 읽었다.]

[독서준 덕분에 책을 읽을 수 있게 되었다.]

[아쿠아리움에 가게 되었다.]

[독서준이 우리 집에 왔다.]

"어떻게 이런 일이…."

가방 안에 있는 일기의 내용이 그대로 담겨 있었다. 한 글자도 빠짐없이 모두 같은 글자로.

꿈인가 몇 번이고 의심하며 몇 번이고 볼을 꼬집어 보았지만 바뀌는 것은 아무것도 없었다. 무서워졌다. 이 책을 더 읽으면 더 이상 나로서 존재할 수 없을 거라고 느꼈다.

[어머니가 죽은 이유를 들었다.]

결국 더 이상 페이지를 넘기지 못한 채 책을 덮어버렸다. 이건 악마의 책이다.

이서아는 사용하지 않는 서랍에 책을 넣고는 남아 있는 자물쇠로 단단히 잠갔다. 이딴 일은 일기에도 적지 못했다. 아무도 모르게 불태울 것이었다. 아무도 보지 않을 때, 그렇게 생각하며 식당으로 천천히 걸어갔다.

*

"그래서 내일부터는 학교 올 거지?"

"응, 이제는 나가야지."

시답잖은 얘기를 하며, 이서아가 학교에 나온다는 확답을 들었다. 붉은 눈매가 사라진 것을 보면 준비란 것은 아마 이걸 말했나 보다.

저녁으로 나온 카레 또한 최상의 맛이었다. 지금까지 알고 있던 식문화의 모든 것이 헝클어지고 있었다. 계속해서 이곳의 밥을 먹는다면 이곳을 제외하고는 만족할 수 없는 삶이 될 것 같았다.

그렇게 된다면 평생을 이곳에서 살겠지만. 하지만 그럴 수 없다는 것을 알기에 한 입 한 입을 소중하게 생각하며 꼭꼭 씹어먹고 있었다.

그런 하루를 보낸 다음 날. 언제나처럼 학교에 일찍 도착한 독서준은 뒷문이 열릴 때마다 들어오는 사람이 이서아인지 아닌지 계속해서 확인했다. 그러나 시간은 점점 30분에 다다르고, 선생님이 곧 들어오실 때까지 이서아는 오지 않았다.

그렇게 어제의 약속은 잊은 것인가 살짝 실망했을 때.

"조례 시작한다."

선생님과 같이 이서아가 들어왔다. 손에 들고 있는 종이를 자세히 보니 결석…이라고 쓰여 있었다. 아마 며칠 동안의 결석 때문에 교무실에 갔었나 보다.

자리가 맨 앞에 있는 이서아는 선생님이 교탁에 가기도 전에 자리에 앉아버렸다.

종례하지 않는 선생님인 만큼 조례도 엄청나게 짧았다. 인원만 대충 확인하고 더 이상 할 말이 없었는지 금방 나가버렸다.

반의 대부분이 그 즉시 이서아에게 달려갔다. 폭풍 같은 질문 세례가 이어졌다. 무슨 일이 있던 거냐, 뭐 하고 지냈냐 등등 대부분은 그녀의 안부를 묻는 말이었다.

그러나, 단 하나. 무시할 수 없는 말이 반 전체의 귀에 들어갔다.

"독서준이랑 사귀는 게 정말이야?"

목소리가 섞여 제대로 들리지 않았다. 하지만 분명히 저 말은 신재원이 꺼낸 것이었다.

안목을 끌기에는 안부를 걱정하는 말보다 이런 것이 몇 배는 더 효과적이었다. 모두의 이목이 쏠렸다. 몇몇은 독서준이 누구라는 표정으로 신재원을 바라봤지만 다른 사람들이 뒷좌석에 앉아 있는 누군가를 집중하니 독서준이 누구인지 자연스럽게 알 수 있었다.

"뭐? 정말 사귀고 있어?"

"응, 이거 봐봐."

신재원은 휴대폰 갤러리에 들어갔다. 그가 보여준 사진에는 독서준이 이서아의 집에 들어가는 모습이 찍혀 있었다. 도촬이지만 여기서 아무도 뭐라 할 사람은 없었다.

"정말 서아 집이네. 쟤가 여길 왜 가?"

다른 사람이 보기에는 이서아와 독서준은 학교에서 아무런 대화도 하지 않는 같은 반 친구, 그 이상 그 이하도 아니었다. 그러나 저렇게 집에 찾아간다는 것은 한 마디도 섞어보지 않은 친구가 할 수 있는 일이 아니었다.

"진짜 사귀고 있는 거야?"

이서아는 아무 말 하지 않았다. 아니 하지 못했다.

사귄다고 하면 거짓말을 하는 것 같아 싫었다.

사귀지 않는다고 하면 되지만 어째서인지 그렇게 말하기 싫었다.

이도 저도 못 하고 그저 "그게….."라며 애처롭게 변명을 생각할 뿐이었다.

"독서준, 너는 왜 아무 말도 안 해?"

결국 질문의 화살은 독서준에게 돌아왔다. 이서아라는 인물에게는 직접적으로 뭐라 하기 그러니 아무도 신경 쓰지 않는 독서준에게 물어봤다. 어차피 독서준에게는 어떤 협박을 하든 상관없었으니까.

"……."

독서준은 침묵했다. 이 상황에서 어떤 말을 하더라도 불리하게 작용할 것을 알고 있었다.

"말 좀 해보라니까?"

하지만 침묵 역시 좋은 선택은 아니었다. 얼마 전 부정행위와 관련된 기억이 다시 떠올랐다. 그때는 몇 명이라도 독서준의 편이 있었다. 그러나 지금은 아니었다.

평소에 자격지심을 느끼던 사람들은 이서아에게, 원래부터 독서준을 싫어했던 사람들을 독서준에게. 개인이 싫어하는 사람을 대상으로 정확하지 않은 정보를 바탕으로 날카로운 공격을 강행했다.

그러나 때마침 울린 종소리에 반 아이들은 어쩔 수 없이 자기 자리로 돌아갔다.

그렇다 하더라도 수업 시간도 그리 편하지는 않았다. 반 친구들은 뒤에도 눈이 달린 듯이 살이 깎여나갈 정도의 살기가 가득한 시선이 가득히 느껴졌다.

그렇게 평소 읽던 책이 눈으로 보는 것인지 마음으로 읽는 것인지 헷갈려지기 시작할 무렵.

"선생님, 저 보건실 좀 갔다 와도 될까요?"

이서아가 손을 들며 말했다. 선생님은 어쩔 수 없이 허락했다. 꾀병일 가능성도 있지만 정말 아픈 것이라면 나중에 큰일이 날 수 있으니까.

허락을 맡은 이서아는 다른 사람들의 방해가 되지 않게 뒷문으로 조용히 나갔다. 동시에 독서준에게 약간의 눈치를 줬다. 너도 나오라는 듯한 눈치를.

독서준은 그것을 알아채고는 조심스럽게 걸어 나왔다. 애초부터 이 반에는 독서준이라는 인물이 있다는 걸 아는 사람이 더 적었다.

마음먹고 존재감을 숨긴다면 찾을 수 있는 사람은 없을 테다.

"뭐라 말해야 하나…."

보건실에 가는 길, 중간에 앉아서 쉴 수 있는 의자가 있었다. 둘은 그곳에 나란히 앉아 다음 쉬는 시간, 분명히 다시 한번 몰릴 친구들에게 어떤 말을 해야 할지 고민할 수밖에 없었다.

그때, 이서아가 생각지도 못한 답을 내뱉었다.

"그냥 확 사귀어 버릴래?"

농담 반, 진심 반의 도박. 이제는 안다. 자신이 독서준에게 느끼는 감정이 무슨 색을 띠고 있는지.

쿵쾅거리는 심장 소리가 독서준에게 들릴 것 같아 이서아는 살짝 떨어지며 대답을 기다렸다.

"그걸로 돼? 그러면 결국 네 평판만 낮아질 뿐이야."

독서준은 불쌍한 아이다. 아무리 시험 점수를 높게 받았다 하더라도 그 이미지는 쉽사리 지워지는 이미지가 아니었다.

그런 사람과 사귄다면 분명 좋은 소리만이 나오지는 않을 것이다. 이서아를 좋아하는 사람이 많은 만큼 싫어하는 사람도 적잖게 있었기에.

"평판? 그런 거 원래부터 신경 안 썼어."

"거짓말…."

모든 병에는 원인이 있다. 독서준이 생각한 이서아가 상상병에 걸린 이유는 이것이었다.

현재가 너무 행복해서. 과거도 미래도 아닌 현재에 살고 있고 싶어서. 이 순간이 변하지 않기를 바라서.

그렇기에 현재를 지독하게 사랑하는 그녀가 평판을 신경 쓰지 않는다는 말은 자신을 배려하기 위한 거짓말로밖에 보이지 않았다.

"너는 싫어?"

"……."

사귈 수는 있다. 어차피 거짓이니까. 하지만 정말 그래도 되는 걸까?

"대답해."

이서아는 지금 결단을 내려버리고 싶은 듯이 독서준을 강하게 밀어붙였다.

독서준은 자신이 이서아에 대해 어떻게 생각하고 있는지 곰곰이 머리를 굴려보았다. 그녀가 싫지는 않았다. 좋다 나쁘다를 가른다면 분명 좋다는 쪽이 훨씬 더 무거울 거다. 하지만 그녀가 좋은 데에는 이유가 있었다.

그녀와 함께 있으면 활자 중독 증세가 나아지는 것을 느끼니까. 그러면 그저 도구로 바라보는 것인가? 그것도 아니었다. 무엇도 알 수 없었다. 하나부터 열까지.

이 감정이 무엇인지부터 지금 어떤 대답을 해야 할지까지.

결국 독서준은, 진심을 보여준 사람에게 최악의 대답을 꺼냈다.

"방과 후, 끝나고 다시 말하자."

회피. 누구에게도 만족을 줄 수 없는 최악의 선택. 상황은 나아질 리 없고 오히려 더 악화하기만 할 뿐이었다.

"…알겠어."

하지만 시간을 벌 수 있었다. 독서준은 생각을 정리해야만 했다.

이 감정이 무엇인지. 자신이 이서아에 대해서 어떻게 생각하는지.

시간은 금방 흘러, 어느새 학교의 끝을 알리는 종이 울리고 있었다.

독서준은 먼저 도서관으로 올라갔다. 사람이 많은 데서 할 얘기는 아니기에 아무도 오지 않는 도서관을 선택했다.

아직 이서아는 친구들과 얘기하고 있었다. 대부분은 예의 소문이 사실인지를 물어보는 질문. 7교시 내내 물어봐 놓고 아직도 할 질문이 남은 게 신기할 따름이었다.

이서아는 대부분의 질문에 멋쩍게 웃으며 대답하지 않고 넘어갔다. 그 소문이 사실이 될지 거짓이 될지 그 누구도 모르기에.

"그럼 내일 보자~."

드디어 모든 사람이 이서아의 곁을 떠났다. 원래였다면 같이 하교했겠지만 선생님의 심부름이 있다며 먼저 가라고 했다.

이서아는 무거운 발을 이끌고는 도서관으로 걸어갔다.

독서준은 분명 아까의 고백을 장난으로 알 것이다. 상황을 타파하기 위한 그런 거짓말. 그렇기에 말할 것이었다.

자신의 진심을. 얼마나 너를 좋아하는지. 거절당해도 어쩔 수 없다. 독서준이 자신을 더 좋아하게 만들지 못한 나의 잘못이니까.

"이제….."

이 문만 열면 바로 뒤에 독서준이 있을 것이다. 이서아는 크게 심호흡하곤 손잡이를 잡았다. 차가운 철의 감촉이 정신을 번쩍 들게 해주었다.

모든 준비는 끝났다. 모든 다짐을 끝낸 이서아는 손잡이를 밀었다.

곧바로 직진으로 걸어갔다. 주위를 쳐다보았지만, 다행히 다른 학생들은 보이지 않았다. 왜인지 사서 선생님도 도서관에 없었다.

배려인지 우연인지 잘 모르겠지만 좋은 게 좋은 거지라고 생각한 이서아는 눈을 감았다.

눈을 감아도 독서준의 냄새로 그가 어디 있는지는 평범히 알 수 있었다.

그렇게 한 걸음, 두 걸음. 그가 있을 것 같은 곳으로 발을 옮겼다.

이윽고 냄새가 코를 강하게 찔렀을 때, 이서아는 발을 멈추고 천천히 눈꺼풀을 올렸다.

"왔어?"

아무런 생각이 없어 보이는 독서준. 자신이 얼마나 고뇌하고 있는지를 알려주고 싶은 것을 간신히 참아냈다.

"생각은 해봤어?"

이서아는 독서준의 물음에 답하지 않고 새로운 질문으로 받아쳤다. 독서준에게 대화의 흐름을 맡길 순 없었다. 흐름을 빼앗기

게 된다면 분명히 이 마음도 제대로 전달하지 못하고 흐지부지
하게 끝날 것이 확실했다.

그래서 처음부터 주도권을 강하게 쥐고 나가기로 했다.

"응 해봤어."

"그래서 대답은…?"

찰나의 시간. 하지만 느끼기는 영원보다 더 긴 시간이었다.

"미안, 역시 사귀는 건 안 될 거 같아."

아 또다. 어렸을 때부터 울면 안 된다고 여러 번 경고를 받았
었다. 그 이유를 알고 있었기에 아무리 다치고 슬퍼도 눈물 한
방울 흘리지 않았다.

하지만 독서준의 앞에서는 왜 그럴 수 없는 걸까. 눈에서 빠져
나오려고 하는 눈물을 힘껏 참고는 대답했다.

"알겠어. 그럼 애들한테는 사서 선생님이 부탁한 거라고 말하
자."

"자, 잠깐만."

"왜. 필요한 건 더 이상 없잖아."

"이건 내 의견이야. 나는 너의 의견이 듣고 싶어."

"아침에 말했어. 내 의견은 거기서 하나도 바뀐 게 없어."

"다른 사람들이 이상하게 본다고 하더라도?"

"응."

"평판이 낮아진다고 하더라도?"

"신경 안 써."

"지금이랑 다른 학교생활을 하게 돼도?"

"당연하지."

"알겠어. 그럼….''

독서준이 이서아의 고백을 거절한 것은 다름 아닌 그녀를 배려하기 위해. 그 배려가 오히려 독이 되었지만 아무런 경험이 없던 독서준은 그것이 독이라는 것을 알지 못했다.

하지만 이서아는 그 독이 든 성배를 마셨고 이제는 그에 대한 대가를 내놓을 때이다.

"사귀어 보자. 반년 동안."

학교에 떠도는 소문을 없애기 위한 계약 연애.

정말로 사귀는 것이 아닌 졸업하기 전까지의 연애.

반년하고 조금 더 남은 정도의 기간.

슬프고 또 슬펐다.

진심을 이렇게 받아친 것에 대해 화났다.

하지만 괜찮았다.

남은 반년. 그사이에 정말로 사랑이 무엇인지 보여줄 것이니까.

"그럼 개학식 때 보자. 방학 때 해외에 가거나 다친 사람 생기면 꼭 연락하고."

오랜만에 하는 종례. 올해 들어서 다섯 번째의 종례였다.

하지만 독서준에게 있어서 방학과 그렇지 않은 날의 차이는 없다고 해도 과언이 아니었다.

학교에 나오는 날에도 책만 읽었다. 방학에도 마찬가지. 학교 도서관에 나와 책을 읽을 것이었다.

무슨 책을 읽을지는 이미 계획해 두었다. 못해도 하루 한 권의 책은 제대로 읽은 것이다. 세 번씩, 꼭꼭 씹어서.

"가자!"

그러나 이번 여름 방학은 다를 수도 있겠다는 기분이 들었다. 독서준은 이서아가 뻗은 손을 잡고는 자리에서 일어났다. 이렇게 된 지 벌써 1주일이나 넘었건만 아직도 남학생들의 따가운 눈초리가 느껴졌다.

독서준은 책으로 그들의 시선을 차단하고는 이서아와 함께 밖으로 나갔다.

원래는 이서아가 독서준을 집에 데려다준 뒤, 그녀는 집사가 운행하는 차를 타고 집에 갔다. 하지만 오늘만큼은 그럴 수 없었다. 이동재가 독서준을 꼭 만나고 싶다며 휴가까지 내고 집에서 기다리고 있었다.

스르륵 눈이 감기는 푹신한 의자에 몸을 맡기니 눈 깜짝할 사이 집에 도착할 수 있었다. 언제 봐도 감탄밖에 나오지 않는 거대한 집에 오늘 역시 한 번의 감탄을 해준 뒤 안으로 들어갔다.

"오늘 길 힘들진 않았지?"

방 안에 있을 거라는 예상과는 다르게 이동재는 문 앞에서 바로 독서준을 맞이해 주었다. 아직은 어색한 사이였기에 적당히 고개를 끄덕이며 인사를 건넸다.

이동재는 할 말이 많은 듯이 입에 많은 말을 담고 있었지만.

"손부터 씻으시죠."

집사가 둘의 사이를 중재하듯이 물리적 거리를 떨어트렸다.

이동재도 알고 있을 것이다. 자기 딸과 독서준이 서로 연인 관계라는 것을. 비록 그것이 계약이란 형태로 묶여 있는 것을 모르겠지만 아버지 되는 사람으로서 궁금해하는 것이 당연했다. 독서준이 어떤 사람인지.

다행히 화장실은 멀리 있어 숨을 고를 시간은 충분히 있었다.

"미안…. 우리 아빠가 좀 극성맞아서."

"괜찮아. 누구든지 자기 자식의 연인은 궁금해할 테니까."

이서아와 영양가 없는 대화를 하며 기다란 복도를 지났다. 이동재는 다행히 집사가 치운 것인지 입구 앞에서 기다리고 있지는 않았다.

"도서관에서 기다리고 계십니다."

저녁까지는 시간이 남았다. 독서준은 이미 알고 있는 길을 걸으며 이동재가 어떤 질문을 할지 곰곰이 고민했다.

일단 어떻게 사귀었는지를 분명히 물어볼 것이었다. 이서아에게도 질문했겠지만 이서아가 답해줄 리 없었을 테니까.

다음은…. 모르겠다. 애초에 이동재가 왜 자신을 이렇게 신경 쓰는지도 모르겠다. 다른 사람들과 차이가 있다면 이서아의 상상병을 알고 있다는 것 정도. 그 이외에는 모든 것이 다른 사람과 다른 점이 없는데 왜 이러는 걸까.

뭐 그것도 오늘 알 수 있겠지.

독서준은 도서관의 문을 열고 안으로 들어갔다. 기다란 책상에는 《나의 인생》 여러 권과 이동재가 앉아 있었다.

독서준은 이동재의 앞에 앉았다. 이서아는 도서관에 오는 길, 어디론가 빠져버려 이곳에는 없었다.

"안녕하세요."

아까 하지 못한 인사를 마저 했다.

"그래, 오늘 내가 부른 이유는 알고 있지?"

바로 본론으로 들어가려는 건가….

독서준은 약하게 고개를 끄덕였다. 정확히는 몰랐다. 하지만 아까 예상했던 질문과 너무 벗어나는 비상식적인 질문은 하지 않을 것을 알기에 긍정의 대답을 내놓았다.

"우리 서아랑은 어떻게 사귀게 됐나."

역시. 예상하던 질문에 미리 생각해 둔 답변을 술술 내뱉었다.

이 질문 이후로도 계속 변변찮은 질문뿐이었다.

좋아하는 건 뭔가. 장래는 뭔가. 살짝 면접을 보는듯한 느낌이 들었지만 어째서인지 긴장이라고는 하나도 느껴지지 않았다.

그렇게 편안한 분위기를 이어나가는 와중.

"부모님은?"

마음을 찢는 그런 질문이 나왔다. 이동재는 이미 알고 있었다. 독서준이 부모가 없다는 것을. 보육원에서 혼자 자랐다는 것을.

그것을 알면서도 일부러 이 질문을 한 것이었다.

거짓말할 필요는 없었다. 독서준은 솔직하게 대답했다. 자신밖에 모르던 부모님의 비밀을.

"사실 태어났을 때부터 보육원에서 자란 건 아니었어요."

제대로 기억나는 것은 없었다. 하지만 보육원에 들어간 나이는 6살. 그것만큼은 확실하게 기억하고 있었다.

그때의 독서준은 부모에게 어리광을 부리며 떼를 쓰고 마음에 들지 않으면 툭 하고 울어버리는 그런 아이였다. 가장 좋아하는 것은 텔레비전을 시청하는 것이었으며 싫어하는 것은 책을 읽는 것이었다.

하지만 텔레비전보다 책을 보게 하고 싶은 것이 부모의 마음. 독서준의 부모는 언제나 한 권의 책을 읽으면 무언가를 보상으로 내주었다.

그래서 어쩔 수 없이 독서준은 억지로 책을 읽었다. 어떨 때는 밥을 먹기 위해서 책을 읽어야 하는 경우도 있었으니까.

운명을 맺지 못하는 우리

그래, '그날'도 마찬가지였다.

"이 책 읽으면 돌아올게."

한 권의 책을 받았다. 두껍지도 어렵지도 않은, 6살의 어린아이에게 적당한 수준의 책. 언제나처럼 독서준은 그 책을 읽었다. 하지만.

한 번, 두 번. 몇 번을 읽어도 부모가 돌아오는 일은 없었다.

층간 소음으로 하루에 몇 번이나 올라오던 아랫집 사람이 이 상함을 느끼고 신고하지 않았다면 분명 그 책들과 같이 썩어갔을 테다.

그렇게 독서준은 보육원으로 가게 되었다. 그곳에서도 계속해서 책을 읽었다. 아직 자신이 제대로 책을 읽지 않아 부모가 돌아오지 않는다고 생각했다. 그때도 어렴풋이 알아챘을 거다. 부모가 자신을 버렸다고. 하지만 절대로 그걸 인정하고 싶지 않았던 어린 시절의 독서준은 책을 눈에서 떼지 않았다.

자신의 시야에 책이 들어가 있는 것이 당연해질 때까지.

책이 눈에 보이지 않으면 불안해질 때까지.

고등학생이 돼서는 자신에게 재산이 꽤 있다는 것을 알았다. 어째서인지 통장에 평생을 놀고 살아도 될 정도의 돈이 들어 있었다. 어린 시절 입금이 되어 있는 돈.

사용해도 되는지 정확히는 몰랐지만, 그때는 하루빨리 보육원에서 나가고 싶었기에 그 돈을 사용해 적당한 집을 구입했다.

여러 권의 책들을 구입했다. 의식주를 모두 해결할 수 있었다.

그렇게 지금까지 살아왔다. 부모의 행방은 몰랐다. 죽었는지 살았는지.

그런데도 확실하게 말할 수 있는 것은 그때보다 지금이 몇 배는 더 행복하다는 것이었다.

"이게 제가 알고 있는 부모와의 기억이에요."

"음…. 그래, 그렇구나."

예상보다 더 무거운 이야기였던 것인지 이동재는 몇 초 동안 아무 말 하지 않고 눈을 감으며 깊은 생각에 빠졌다.

"저기…. 아저씨? 그렇게 고민 안 하셔도 돼요. 어차피 저한테는 까마득한 과거의 이야기니까요."

그리고 말하지 않았는가. 지금이 더 행복하다고. 부모가 있는 미래는 또 어떻게 바뀌어 나갈지 모른다. 하지만 굳이 현재의 행복을 놔두고 다른 미련을 찾아 나설 이유가 뭐가 있는가.

독서준은 괜찮다는 말을 연발하며 이동재의 죄책감을 덜어주었다.

"그나저나 진짜 이런 이야기만 하려고 저를 부른 거예요?"

"그래, 이런 이야기만 하려고 부른 건 아니지."

책상 위에 순서대로 나열된 《나의 인생》.

이것을 본 순간, 반드시 관련된 물음이 나올 것이라고 예상했다.

"이 책들을 한번 읽어줄 수 있겠니?"

어차피 방학, 계획해 둔 책을 읽지 못하는 것이 마음에 걸렸지만, 시간은 충분했다. 전에 읽은 한 권의 책은 모든 내용을 알고 싫어질 정도로 흥미로웠다.

그렇지만 왜. 갑자기 이 책을 읽어달라고 하는 것일까.

"책에 숨겨진 내용을 알고 싶거든."

의사가 된 이후, 시간이란 보이지 않는 것에 커다란 압박을 받으며 살아왔다. 읽을 수 있는 것이라곤 출근하면서 읽는 뉴스나 새로 발표된 논문뿐이었다. 전부 답이 정해져 있는 글.

답이 없는 소설, 정확히 말하자면 일기에 숨어 있는 무언가를 더 이상 찾지 못하게 되었다.

창피함을 무릅쓰고 부탁했다. 분명히 《나의 인생》에는 아직 찾지 못한 숨겨져 있는 무언가가 있었다.

최아윤의 얘기를 널리 퍼트리고 싶지 않아 지금까지 부탁할 수도 없었다.

하지만 최아윤의 얘기를 이미 알고 있는 독서준이라면 사정이 달랐다. 이동재는 마른 입술을 핥으며 독서준의 대답만을 기다렸다.

"그러죠. 뭐."

독서준의 대답은 긍정. 크게 소리치고 싶었지만, 체면을 위해서라도 속으로만 질렀다.

"얼마나 걸릴 거 같니."

"1주일 정도 걸릴 거 같네요."

"그럼 그동안의 식사와 잘 곳은 준비해 주마."

"그래 주면 저야 고맙죠."

독서준은 차례대로 나열된 책 중, 가장 앞에 있는 책을 빼냈다.

한 장을 넘기고 읽어보니 기억하지도 못할 어린 시절의 이야기가 시작되었다.

흥미를 느낀 독서준은 그 기세로 끝까지 읽어볼 생각이었지만, 저녁을 먼저 먹자는 이동재의 말에 어쩔 수 없이 책을 덮고는 그의 뒤를 따라갔다.

책을 가져갈 수도 있었지만 그러지 않은 것은 이동재가 그것을 싫어할 것이라고 생각했기에.

저녁은 호화스러웠다. 매일 이렇게 먹는 게 정말인지 궁금할 정도로. 이서아는 먼저 도착해 있어 식기를 들고는 기다리고 있었다.

독서준도 남는 자리에 적당히 앉아 식기를 들었다.

최고였다. 인생에 다시 없을 정도로.

밥을 다 먹고는 집사의 안내를 받아 방으로 이동했다. 2층이 아닌 1층에 있는 적당한 크기의 방. 한 명이 쓰기에는 조금 넓은 방에는《나의 인생》이 책상 위에 놓여 있었다.

아마 밥을 먹는 동안 집사가 옮긴 것이 분명했다.

독서준은 의자에 앉아 책들을 읽기 시작했다.

내용은 흥미로웠다. 일기가 아닌 소설이라 해도 될 정도로.

한 명의 소녀가 어려움을 겪고 성공하는 듯이 보였지만 결국에는 죽음으로 끝나는 결말이 보이지 않는 스토리.

한 권에 하나씩 있는 맞춤법에 맞지 않는 문장이 불편했지만 일기라는 것을 감안하고 본다면 그것도 대단한 거였다.

시간은 어느새 빠르게 지나 해가 넘어가고 달이 뜨게 되었지만, 책을 읽느라 자는 것도 잊어버렸다.

침대는 그저 다 읽은 책을 던져놓는 푹신푹신한 무언가일 뿐이었다.

"침대가 불편하신가요?"

불이 켜져 있는 것을 보곤 집사가 방문을 두들기며 안으로 들어왔다.

"아, 벌써….”

독서준은 금장식이 부분 부분 들어가 있는 벽장 시계를 확인했다. 짧은 시침이 가리키고 있는 것은 숫자 2. 오후 2시일 리는 없으니 지금은 새벽 2시임이 틀림없었다.

밤을 새운 적은 많았다. 하지만 그런 날에는 반드시 컨디션에 문제가 생기고는 했다. 1주일 동안 이곳에서 살며 어떠한 일이 생길지 몰랐다. 그렇기에 무작정 밤을 뜬눈으로 보낼 수만은 없었다.

독서준은 침대 위에 놓인 책들을 책상 위로 정리하고는 침대에 누웠다.

전등은 스위치 옆에 있던 집사가 눌러주었다.

딸깍거리는 소리와 함께 빛이 완벽하게 차단되며 완벽한 어둠을 보여주었다.

머리맡에 있는 작은 전등은 켤 필요가 없었다.

이 정도는 참을 수 있으니까.

*

"그래서 찾은 건 있니?"

1주일이 지났다. 책의 분량은 생각보다 많았다. 세 번씩 읽을 수 있을 줄 알았건만 겨우 두 번밖에 읽지 못했다.

한 사람의 인생을 읽는 것이 겨우 1주일밖에 걸리지 않은 것이 짧다면 짧은 것이지만 그 안에서 찾아낼 수 있는 것은 아무것도 없었다.

이 집에 더 있다 하더라도 뭐라 할 사람은 아무도 없었지만, 마음이 불편한 것은 어쩔 수 없는 부분이었다.

"죄송해요. 아직 더 읽어봐야 알 수 있을 것 같아요."

숨겨진 것이 있을 것이라는 확신은 없었다.

그렇다 하더라도 읽는 것을 멈출 수는 없었다. 이동재와 마찬가지로 독서준 역시 이 책에 무언가가 숨어 있다는 의심을 쉽사리 떨쳐낼 수 없었다.

"괜찮아. 시간은 많으니까."

격려의 말을 건네는 이동재.

마음이 초조한 독서준은 그것이 무언의 압박이라 생각했다.

운명을 맺지 못하는 우리

시간은 많다. 그러니 반드시 찾아내라.

"그럼 저 먼저 일어나 보겠습니다."

이제는 익숙해진 천상의 음식이 어디로 들어가는지조차 알 수 없을 때. 독서준은 자리에서 일어나 방으로 향했다.

조금이라도 더 빨리 찾기 위해서.

그러나 독서준의 방에는 이미 선객이 존재했다.

"뭐 해…?"

침대 위 벽면에 기대어 책을 읽고 있는 이서아. 자기 집처럼 편안하게 있는 그녀를 보고 어안이 벙벙했다.

아, 여긴 이서아의 집이 맞았다.

"읽고 있어. 나도 못 읽어봤거든."

이서아도 독서준이 무엇을 위해 이 집에서 지내는 것인지 알고 있었다. 그러나 식사 시간을 제외하고는 한 번도 만난 적이 없었다.

독서준이 피해 다닌 것이 가장 큰 이유였지만.

"읽어도 돼?"

권한을 물어보는 것이 아니다. 일기라곤 하지만 소설과 비슷한 분위기를 풍기는 이 책을 읽을 수 있는지 물어본 것이었다.

"되더라."

이서아는 짧게 대답하곤 책에 집중했다. 처음 보는 엄마의 모습. 저렇게 집중하며 읽는 것도 어찌 보면 당연한 일이었다.

독서준은 책상에 앉아《나의 인생》마지막 권을 들었다.

1권은 이서아가 읽고 있었다.

독서준은 꼼꼼하게 확인해 보기로 다짐했다. 마지막 권을 다 읽을 때면 이서아도 다음 권으로 넘어가지 않을까 싶었다.

둘은 아무런 대화도 없이 계속해서 책을 읽었다.

점심은 먹지 않았다. 1초라도 책을 많이 읽고 싶었다.

시간은 계속해서 흘러갔다. 이서아가 읽고 있는 책이 1권에서 4권으로 바뀔 정도로.

책의 숨겨진 부분을 찾을 필요 없는 그녀이기에 가능한 일이었다.

그렇게 4권도 모두 읽고 5권을 읽기 위해 잠시 일어났을 때.

"우리가⋯."

이서아가 조용한 목소리로 속삭였다.

독서준이 순간적으로 그녀를 쳐다보니 깜짝 놀라며 뒷걸음질 쳤다.

이후 손으로 자기 입을 만지는 것을 보아 실수로 말이 나온 듯이 보였다.

"우리가? 그게 무슨 말이야?"

이서아의 말에 어떤 의미가 있을 것이라 생각한 독서준은 그 의미를 물어보았다.

이서아는 잠시 머뭇거리더니 이윽고 자신이 생각한 것을 얘기했다.

"오타⋯. 한 권에 하나 정도 오타가 있더라."

알고 있었다. 독서준도 처음에는 그것이 암호라고 생각했다. 하지만 그 단어들을 어떻게 조합해도 말이 되는 문장은 나오지 않았다.

애초에 오타 중에는 '우리가'와 비슷한 말도 존재하지 않았다.

"그냥 감이었어."

오타가 난 글자를 암호표에 맞게 치환시킨 후, 그 치환된 수를 재배치했다.

이유는 모르겠다. 그저 본능이 이끄는 대로. 숫자가 예뻐 보이는 대로.

그러더니 나왔다. 새로운 글자가, 말이 되는 문장이.

"그게 맞아?"

아무리 감이 뛰어나다 하더라도 이건 불가능한 일이었다.

"되더라고."

간단히 말했지만 절대로 간단한 일이 아니라는 것은 모두가 알고 있다. 돌아가신 이서아의 어머니가 이끌어 줬다는 허무맹랑한 이야기 말고는 설명할 수 없었다.

이서아는 자신이 파악한 해독법을 독서준에게 알려주었다. 어떤 글자가 오타였는지는 이미 파악하고 있었다.

독서준은 찾았던 오타들을 모아 글자들을 조합했다. 해독하는 것은 그리 오래 걸리지 않았다.

그러나 이윽고 나타난 문장에 그들은 고개를 갸우뚱거릴 수밖에 없었다.

"몇 번이나 만났으며 몇 번이나 헤어진 곳."

"이게 무슨 말이지?"

확실한 것은 우리끼리 해결할 수 있는 것은 아니란 것이었다.

독서준은 어째서인지 밖에 서 있던 집사를 불러 이동재의 위치를 물었다.

독서준의 편의를 최대한 봐주라고 한 것인지 문 뒤에 이서아가 보여서인지 집사는 이동재의 위치를 이유도 묻지 않고 알려주었다.

집사가 말하길 이동재는 지금 도서관에 있다고 했다.

원래였다면 병원에 있을 시간. 왜 도서관에 있는진 몰랐지만 그런 쓸데없는 생각은 하지 않기로 했다.

도서관으로 향하는 길목이 평소보다 길게 느껴졌다.

아마 기대감 때문일 것이다.

"몇 번이나 만났으며 몇 번이나 헤어진 곳이라⋯."

이 문장의 의미를 이동재라면 분명 알고 있을 테니까.

– 똑똑.

들리지도 않을 소리로 문을 두들겼다.

잠시 후 문을 연 독서준은 이서아와 함께 이동재가 앉아 있는 곳까지 곧바로 걸어갔다.

"음? 무슨 일로 날 찾아왔을까?"

저런 질문을 내뱉었지만 이동재의 말에는 기대감이라는 불안한 감정이 숨어 있었다.

운명을 맺지 못하는 우리

다행히 이번에는 그 기대감을 채워줄 수 있었지만.

"찾은 거 같아요."

"정말…이니?"

"예. 정말이에요."

독서준은 방금 책에서 찾은 내용을 하나도 빠짐없이 얘기했다.

그 과정에서 이서아가 큰 도움이 되었다는 것도.

이야기를 들을 이동재는 잠시 고민하듯 손으로 입을 감싸고 고개를 숙였다.

이윽고 그 장소를 떠올렸다는 듯이.

딱! 하고 손가락을 튕기며 자리에서 일어났다.

이동재의 걸음걸이는 빨랐다. 하지만 그리 멀지 않는 곳에서 멈추어 섰다.

"분명 이곳인데…."

이동재의 앞에 있는 것은 단단해 보이는 벽의 일부분이었다.

대체 이곳이 뭐길래 이동재의 걸음이 이곳에서 멈춘 것일까.

얼굴에 궁금하다는 표정을 지어 보이니 이동재는 이에 대한 설명을 해주었다.

"여긴 도서관이 공사하기 전의 프런트였어."

프런트는 입구 옆에 있기에 오고 가는 모든 사람을 만날 수 있었다.

질문에 대한 해답을 찾아낸다면 분명히 이 위치일 뿐이었다.

하지만 이곳은 벽으로 막혀 있었다. 과거의 모습은 이미 사라지고 없었다.

"부숴보자."

그 순간, 이서아의 입에서 무시무시한 의견이 나왔다.

이동재의 보물 세 손가락 안에 드는 이 도서관을 부수자는 의견.

생각하지도 않았고 생각하기도 싫은 답안이었다.

"그러다가 이 도서관 전체가 무너지지 않을까?"

"그러진 않을 거 같아요."

통통. 잘 익은 수박을 확인하듯이 가볍게 벽을 두들겼다.

이 벽은 건물을 지탱하는 벽이 아니었다. 흔히 말하는 임시 벽.
방의 구역을 나누기 위해 존재할 뿐이었다.

"잠깐만 기다려 봐봐."

휴대폰을 꺼내 어딘가로 전화를 걸었다.

전화의 내용은 잘 들리진 않았지만, 누군가를 부르는 것만은
확실했다.

얼마나 지났을까. 이동재가 휴대폰을 주머니 안으로 집어넣자
마자 누군가가 도서관의 문을 두들겼다.

"집사님?"

손에 가득히 공구 장비를 들고 온 집사. 잠시 독서준과 이서아
에게 도서관에서 나가달라는 부탁을 했다.

무엇을 위해인지 알고 있는 둘은 안전을 위해서 집사의 말을
따랐다.

집 안을 가득 메우는 쾅쾅 소리가 크게 퍼져나갔다. 일정한 간

격으로 들린 그 소리는 다른 여러 공구 소리와 마찬가지로 두 손으로 귀를 꽉 막을 수밖에 없었다.

하지만 30분 정도 지났을까? 점차 그 소리가 작아지더니 이내 완전히 들리지 않게 되었다.

독서준은 도서관으로 돌아가 문을 열었다. 도서관에는 달라진 점이 없었다.

단 하나를 제외하고.

"이게…."

무너진 벽의 안에는 성인 남성 한 명이 겨우 들어갈 정도의 나무로 된 작은 문이 있었다.

옆에 있던 이서아가 홀린 듯 그 문을 향해 걸어갔지만 독서준이 그녀의 행동을 저지했다.

누가 저 방에 먼저 들어가든 방의 모습은 변하지 않는다. 그런데도 저 방에 먼저 들어가야 하는 사람은 있었다.

독서준은 뒤로 물러나 이동재가 문을 편하게 열 수 있도록 했다.

긴장이라도 되는 듯이 이동재는 문고리를 잡고는 한참 동안 가만히 서 있었다.

그러고는 크게 숨을 내쉬고는….

힘세게 문을 밀었다.

힘없이 밀린 문 뒤에는 조그만 문답게 조그마한 방이 있었다.

이동재의 등이 가리고 있어 잘 보이지는 않았지만, 무언가가 박물관에 전시된 전시품처럼 소중히 보관되어 있었다.

다행히 열쇠는 필요 없었는지 바로 그 전시품을 꺼내 보았다.

"……."

한참 동안 제자리에서 움직이지 않는 이동재에게서 깊은 고뇌가 느껴졌다.

당장이라도 저것이 무엇이냐고 물으며 호기심을 풀고 싶었지만, 지금이 그럴 상황이 아니라는 것은 충분히 이해하고 있었다.

방 한가운데에서 오뚝하게 서 있는 이동재를 뒤로하고는 나머지 세 명은 조용히 도서관에서 사라져 주었다.

제4장

운명이
갈라버린 우리

시간은 바다를 가르는 파도처럼 빠른 속도로 지나갔다.

독서준과 이서아에게 졸업이란 청소년으로 보내는 마지막 날이 점차 다가오고 있었다.

그러나 그들에게는 졸업뿐만이 아닌 또 다른 끝도 공존하고 있었다.

계약이란 형태로 묶여 있던 연인 관계. 둘은 알고 있었다.

더 이상 이 계약을 늘릴 수 없다는 것을.

"나중에 연락하자."

그동안의 계약 기간. 독서준이 자신을 좋아하게 만든다는 계획은 무참하게 실패했다. 오히려 자신이 더 좋아하게 되어버렸다.

나중에 만나자며 점점 멀어져만 가는 독서준의 등을 이서아는 그저 쳐다보는 것 말고는 할 수 있는 것이 없었다.

그렇게 또 시간이 흘렀다.

남은 추억이라고는 졸업식 날의 사진만이 남아 있었다.

연락하겠다는 독서준의 말은 진심이 아니었다는 듯이 아직 연락 한 통 오지 않고 있었다.

그렇다고 밖에서 우연히 만날 수 있는 것도 아니었다.

독서준은 대학 가는 것을 포기했고, 이서아는 아버지의 병원이 지원해 주는 이름 있는 대학에 들어갔으니.

사람은 사람으로 잊으라 하였건만, 많은 사람을 만날수록 더욱이 독서준이 그리워져만 갔다.

만나는 사람 모두가 자신을 그저 대형 병원 원장의 딸로만 볼 뿐, 이서아라는 하나의 생명체로 여겨주지 않았다.

그런데도 참았다. 그리웠지만 누구에게도 말하지 않았다.

그저 믿을 뿐이었다. 언젠가 독서준과 같은 사람이 대학 생활을 하는 동안에도 나타날 것이라고.

자신의 부모님처럼 운명 같은 만남을 할 것이라고.

실보다 얇은 그런 희망을 가지고는 남은 인생을 끈끈하게 버텨갈 뿐이었다.

계약이란 형태로 묶여 있던 연애의 끝이 다가왔다. 진심이었다.

하지만 이서아는 아니었던 것 같았다. 계약이 아닌 진정한 연애를 하자며 말하고 싶었지만, 목구멍까지 올라온 그 문장은 결국 입 밖으로 뱉지 못한 채 1년을 끝낼 수밖에 없었다.

독서준의 일상은 이서아를 만나기 이전의 그것으로 돌아갔다. 밖으로 나갈 일은 일절 없었다.

시대가 발달했다. 인터넷으로 주문해서 배달받지 못하는 것은 존재하지 않았다.

원래라면 돈을 조금이라도 아끼기 위해 도서관에서 책을 읽었겠지만, 이제는 그럴 필요도 없었다.

이동재가 감사하다며 생각보다도 많은 사례금을 주었다. 앞으로는 물건을 살 때 가격표를 보지 않고 사도 될 정도로는.

그런 생활을 계속해서 이어갔다. 생활 패턴은 망가진 지 오래. 피곤할 때 자고 느지막하게 일어나고. 인생이 망하는 길로 가는 지름길이었지만 그럼에도 행복했다.

오히려 행복하지 않은 게 이상했다. 이성 하나 없는 그저 본능에 맡긴 행동이었으니까.

그러나 마음의 어딘가가 텅 비어 있다는 느낌이 강하게 들고 있었다. 물이 가득 찬 컵을 쏟은 것만 같은 기분이 들었다.

손이 가벼워진 동시에 마음이 무거워졌다.

이 감정을 잊기 위해 책을 더욱 열심히 읽었다. 아무 생각이 들지 않도록 잠을 청했다.

하지만 그렇게 잊힐 감정이라면 그 감정은 아무것도 아니다. 날이 갈수록 마음은 점점 무거워져 가기만 했다.

이유라면 대략 알고 있었다.

그러나 자기 자신만을 위해서 그런 행동을 하는 것이 올바른 행동인지에 대해서는 몇 번을 생각해 봐도 용납할 수 없었다.

사람은 사람으로 잊는 것이라고 했다. 하지만 사람을 만나지 않는 독서준은 사람을 잊을 수 없었다.

이제 부탁할 수 있는 것은 시간뿐이었다.

흘러가는 시간 속, 이 쓰라린 감정이 함께 흘러가기를 간절하게 기도했다.

시간은 흐르고 흘러, 독서준과 함께 고등학교를 나온 동창들이 대학을 졸업할 시기가 되었다.

한 번도 본 적 없던 고등학교 단체 톡방에는 99+와 함께 최근 메시지로 한번 모이자는 문자가 떠 있었다.

시간이 되는 사람 중에 빠지는 사람은 없을 것이라 단언할 수 있었다. 이서아가 나온다 했으니까.

대학에 들어간 이서아는 과거의 기억을 잊고 새로운 출발을 한 듯이 승승장구해 나가고 있었다. 여러 논문을 쓰고, 해결되지 않은 병의 치료법을 찾으며, 최근에는 알츠하이머와 관련해 예방법을 찾은듯했다.

그 과정에서 이동재의 도움이 없었다고는 할 수 없겠지만 그녀가 대단한 것은 분명한 사실이었다.

그런 사람이 동창회에 나온다니, 이서아와의 친분을 티 내고 싶은 모두는 당연히 나올 것이 분명했다.

독서준은 제외하고.

"…지금 와서는 아무런 의미도 없겠지."

가고 싶은 마음은 굴뚝같이 있었다. 심장은 그곳을 향하고 있었다.

그곳에서 즐겁게 이야기하는 자신과 이서아를 그리고 있었다. 과거의 기억을 떠올리며 그날의 추억을 보여주고 있었다.

머리는 그곳으로 발을 옮기는 것을 허락하지 않았다. 다리를 막아 세웠다. 만나러 갈 수 없었다.

몇 년간 연락하지 못했다. 정확히는 안 했다는 말이 옳을 것이다. 용기가 없었으니까.

이번이 최후의 용기였다. 평생의 용기를 지금 쓴다고 해도 과언이 아니었다. 일 때문에 10분 자는 것조차도 힘들지만 독서준이 동창회에 나와주기를 바라는 마음으로 참석한다는 말을 단톡방에 남겼다.

과거에 독서준을 초대한 자신을 아낌없이 칭찬해 주고 싶었다. 이것이 마지막 기회였다.

독서준을 만날 수 있는 마지막 기회. 그와 동시에 이 마음을 정리할 수 있는.

하지만 그가 동창회에 나오지 않는다면 모두 허투루 돌아갈 계획. 그러나 이서아는 확신할 수 있었다.

그가 동창회에 나올 것을.

"몇 년 만이더라⋯."

이 책을 꺼내게 될 줄은 상상도 못 했다.

미래가 담겨 있는 책.

이것에서는 독서준이 동창회에 나온다고 이미 예견되어 있었다. 그렇기에 아무런 걱정 없이 그날이 오기만을 기다릴 수 있었다.

예쁜 옷을 사고, 화장하며.

요즘 인기 있는 책들을 읽으며.

영원과도 같은 그날이 점점 다가오기 시작했다.

고뇌하고 또 고뇌했다.

과연 자신이 동창회에 가서 이서아를 만날 자격이 있는지.

그리고는 결정했다.

그곳에는 가지 않기로.

아무리 생각해 봐도 자신에게는 갈 자격이 없었다. 가본다고 하더라도 민폐밖에 되지 않을 거라 생각했다.

굳게 마음을 다진 독서준은 조용히 단톡방을 나가며 그 의지를 보였다.

어차피 존재감도 없던 그였다. 단톡방의 인원을 일일이 확인해 보지 않는 이상, 그가 사라졌다는 것은 알 수 없는 비밀이었다.

시끄럽게 진동을 내뿜던 휴대폰이 고장이라도 난 듯이 순식간에 조용해졌다. 세상과의 유일한 연결 줄이 사라졌다.

이제 정말로 세상과 단절되었다고 느낀 독서준은 침대에 휴대폰을 던지고는 그 위에 몸을 던졌다.

약속까지 앞으로 한 달.

독서준과는 관계없는 일이었다. 앞으로 몇 번의 선택이 반복된다고 하더라도.

*

"이야, 진짜 오랜만이다."

"넌 하나도 안 변했네."

형식적인 모습이 살짝 섞여 있는 진실의 말. 모두가 서로에게 반갑다며 과거의 이야기꽃을 피웠지만 마음속으로는 기다리고 있는 한 사람이 있었다.

- 딸랑.

가게 문에 붙어 있는 종이 가볍게 울렸다.

동창회를 위해 전세를 냈기에 이곳에 들어올 사람은 특정할 수 있었다.

그리고 참가 의사를 밝힌 사람 중 아직 이곳에 오지 않은 사람은 단 한 명.

모두가 환영의 박수를 보내며 이서아의 입장을 환영해 주었다.

"오는 데 힘들지 않았어?"

"여기 앉아. 주문은 뭐로 할래?"

동창회의 목적이 살짝 변질한 듯 보였지만, 이서아는 아무래도 좋았다.

그저 독서준이 어디 있는지 찾기 위해 주위를 몇 번이고 둘러봤으며 화장실에 간다며 가게 곳곳을 찾아보았다.

하지만 독서준은커녕 그의 그림자조차 보이지 않았다.

"일단 앉아. 아 맞다? 그때 기억나?"

그들은 이서아가 자리를 떠나지 못하게 강하게 압박했다. 그녀가 떠나기 전에 자신의 이야기를 한 번이라도 들어주면 좋겠다는 마음으로 자기 사정을 강하게 어필했다.

다음 날의 병원 일이 있다며 술은 마시지 않은 이서아였지만, 분위기에 점점 취해가며 두꺼웠던 이성의 끈이 조금씩 얇아지기 시작했다.

그들은 마치 약속이라도 한 듯 자리를 조금씩 바꾸어 나가며 이야기할 기회를 얻었다. 분위기에 취한 탓일까. 아니면 과거의 정 때문일까.

지원해 주겠다는 구두의 약속을 몇몇과 나누었다. 어차피 이서아에게는 별 볼 일 없는 정도의 푼돈. 그들에게 충분히 지원해 줄 수 있는 양이었다.

그렇게 분위기가 한껏 물이 올라 테이블 위에 음식과 술이 조금밖에 남지 않았을 때.

"2차 가야지?"

주섬주섬 자리에서 일어나 근처에 있는 노래방을 가기로 했다.

마침 그곳은 신재원이 운영하고 있던 가게로, 술값을 제외한 다른 비용은 받지 않기로 했다.

이서아에게 잘 보이기 위해 실천한 가식적인 행동이었지만 어찌 됐든 이서아는 신재원에 대한 호감도가 올라갔다.

-100에서 -99 정도로.

노래방에서도 큰일은 일어나지 않았다. 학창 시절에 노는 것을 좋아했던 친구들이 이번에도 나서서 마이크를 잡았으며.

소심했거나 이서아처럼 현재의 일이 너무 바쁜 사람들은 앉아 손뼉을 치며 호응해 주었다.

"서아야, 너도 불러봐."

그러던 와중, 누군가가 이서아에게 마이크를 넘겼다.

알고 있는 노래라고는 차분한 분위기에 옛날 노래밖에 없는 이서아는 끓어오른 분위기를 재워버리지는 않을까 고민했다.

그런 고민이 얼굴에 다 드러나서일까.

마이크를 건네준 누군가가 기계를 조작해 노래를 예약했다.

"이건…."

"옛날에 많이 들었잖아."

독서준과 함께 들었던 노래. 분위기에 취해 있어 눈치채지 못하고 있었다.

이곳에 독서준이 없었다.

미래를 예지하는 책에는 분명히 쓰여 있었다. 독서준이 동창회에 있다고.

"왜 그래? 어디 아파?"

노래는 이미 반주가 지나고 가사를 지나고 있었다. 하지만 한참 동안 허공을 바라보고 있는 이서아의 상태는 노래를 부르기 싫어 거부하는 사람의 모습은 아니었다.

영혼이 나간 듯 눈도 깜빡이지 않고 한 치의 미동도 없었다.

시끄럽게 들리는 노래방의 노래를 꺼버리곤 모두가 이서아를 바라보았다.

그렇게 얼마나 지났을까. 노래방의 남은 시간이 950분에서 947분이 되니 드디어 원래대로 돌아온 듯이 이서아가 말을 꺼냈다.

"집에 가봐야겠어."

미래가 바뀌었다. 그 사실을 부정하고 싶은, 아니 확인하고 싶은 이서아는 노래방의 문을 열었다.

그 순간 맞이할 수 있었다.

"뭐, 뭐야?!"

문 뒤에 있는 독서준을. 왜 독서준이 여기 있는지 모른다. 어째서 이곳에 왔는지 모른다. 하지만 이서아는 강하게 독서준을 끌어안았다. 평생을 놔주지 않을 듯한 강한 힘으로.

"슬슬 잘라야 하나."

가위를 들었다. 어디서나 구할 수 있는 싸구려 가위. 집에서 앞머리 정도는 직접 자르는 사람은 많을 것이다. 하지만 직접 자기 머리카락을 모두 다듬는 사람은 없을 것이다. 설령 그것이 미용사라 하더라도.

그러나 독서준의 최고 효율을 위해 자신이 직접 모든 머리카락을 손질했다.

자르지 않고 무시하는 방법도 있었지만, 그 경우에는 시야를 가려 책을 읽는 데에 상당한 방해를 줬다.

오늘도 평소처럼 가위를 들고 화장실에 들어갔다.

거울 한쪽에는 읽던 책을 올려두고 카멜레온처럼 한쪽 눈은 책에, 다른 한쪽 눈은 자기 머리를 보며 싹둑싹둑 자르기 시작했다.

그렇게 책이 하이라이트 부분에 들어가고 머리도 앞머리를 자르기 시작할 때.

"아얏!"

손을 베었다. 처음 읽는 책의 하이라이트 부분이었기에 책 부분에 대부분의 신경이 쏠렸다. 사람의 손이 소시지와 비슷하다는 것을 알게 된 독서준은 간단하게 손을 지혈했다.

하지만 이 상태로는 머리를 자를 수 없었다.

하필 앞머리가 남았기에 책을 읽는 것에도 방해됐다.

어쩔 수 없었다. 정말 가기 싫었지만, 미용실에 갈 수밖에.

오래간만에 신는 신발의 감촉은 너무나도 이상했다. 발에 무거운 모래주머니를 차고 걷는 심정이었다.

머리 바로 위로 내리쬐는 햇볕은 흡혈귀들의 심정을 이해하기에 충분했다.

그래도 걸었다.

다행히 몇 년 동안 공사는 없었는지 익숙했던 길은 하나도 변하지 않았다. 사람과 부딪히는 경우는 과거보다 좀 늘었지만 크게 다치지는 않았다.

"죄송합니다, 책 좀 넘겨주실 수 있나요?"

아직도 기억난다. 어이없어 보이던 미용사의 표정이. 하지만 원래 시술 비용의 10배를 내겠다고 하니 활짝 웃는 얼굴로 몇 번이고 긍정했다.

덕분에 큰일이 생기지 않고 머리카락을 자를 수 있었다.

계산이 끝나고는 잠시 시장에 들르기로 했다. 아무리 배달이 잘 되었다고 해도 시장의 맛은 잊을 수 없었다.

오랜만에 간 시장 역시 과거의 모습을 완벽히 품고 있었다.

거리에는 사람이 개미처럼 바득바득했으며 1보를 걷기 위해서는 제자리에서 2보를 걸었어야 했다.

그런데도 사람들에게 치이며 먹는 길거리 음식은 이곳에 오기엔 충분한 매력이었다.

한 손으로 컵 떡볶이를 들고는 이곳저곳을 탐방했다.

지금까지 찾아본 적 없는 장소가 있는지.

혹여나 자신이 가보지 않은 곳이 있는지.

아니면 그동안 새로 생긴 가게가 있는지.

그러고는 발견할 수 있었다.

지금까지 한 번도 가본 적도 없고 본 적도 없는 새로운 길을.

시장 중앙에 뻥 하고 뚫려 있는 새로운 길은 최근에 만들어진 것 치고는 생각보다 더러운 쓰레기들이 즐비하였다.

아무도 관리하지 않는 것인지 안타깝게 생각한 독서준은 다 먹은 떡볶이의 종이컵을 근처에 보이는 아무 비닐에 집어넣었다.

이후로도 미관을 심하게 해치고 있다 생각이 드는 큰 쓰레기들을 차례차례 주워나갔다.

그러던 와중 한 가지 이상한 사실을 깨달았다.

"왜 아무도 없지?"

중앙에 크게 뚫려 있는 길.

적지 않은 사람들이 그 길을 따라 걷는 것은 절대로 이상한 일이 아니었다.

하지만 이 거리에는 사람은커녕 벌레 한 마리조차 보이지 않았다.

이렇게 쓰레기가 많은데도 말이다.

이상함을 느낀 독서준은 아무 가게에 들어가 보았다.

신발을 파는 시장 안에 있는 평범한 가게.

어째서인지 장식된 신발은 먼지 하나 없는 깨끗한 상태로 보존되어 있었다.

신발을 만져봐도 평범한 신발일 뿐, 다른 이상한 점은 발견하지 못했다.

　마치 공간만이 따로 분리된 곳에 떨어진 불길한 느낌이 든 독서준은 걸어왔던 길을 그대로 돌아 나갔다.

　하지만 그곳에서 맞이하고 있는 것은 옷을 파는 가게, 독서준이 들어온 길이 아니었다.

　마음속에 있는 감정이 두려움이란 것을 깨달은 독서준은 보이는 곳곳의 가게를 모두 들어갔다.

　상품이라면 만져보고 사용해 봤으며 음식이라면 먹어보기까지 했다.

　하지만 방금 만든 것처럼 뜨거운 음식은 독서준의 두려움을 점점 더 키워나갈 뿐이었다.

　이 감정을 잊고 싶었다.

　독서준은 한 손에 들고 있는 책을 읽으며 심장을 진정시켰다.

　한 번의 정독을 했을 때, 역시나 상황은 변하지 않았다. 머리 위에 떠 있는 태양의 위치까지 그대로인 아까의 그 상태에서 1만큼의 변화도 독서준의 손을 들어주지 않았다.

　모든 방법을 써보기로 마음먹었다.

　이것이 꿈이라고 생각하며 볼을 꼬집기도.

　머리에서 피가 날 정도로 강한 충격을 주기도.

　한숨 자면 원래대로 돌아갈 것이라는 희망을 가지며 잠을 자기도.

　얼마나 많은 시도를 하고, 얼마나 창의적인 상상을 떠올리든.

태양의 위치는 변하지 않은 그대로였다.

흐르는 것은 독서준이 만진 것뿐.

건드린 상품은 원래대로 돌아오지 않았다.

먹은 음식은 다시 생기지 않았다.

다시 한번 희망이 있다 믿으며 모든 가게에 들어가 진열된 상품을 망치고, 음식을 모조리 먹어 치웠다.

그러나 이건 신의 농간이라고밖에 생각할 수 없었다.

모든 것을 다 건드렸다고 생각한 그 순간, 모든 것이 원상태로 돌아왔다.

처음 봤을 때의 그 상태로.

그래도 포기하지 않았다.

계속해서 행동했다.

그러다 하나의 이변을 발견했다.

"뭐지 이건…?"

카드처럼 생긴 조그마한 플라스틱의 무언가.

아무런 문양이 없는 이 카드가 무엇인지 전혀 알 수 없었다.

하지만 독서준은 직감적으로 알 수 있었다.

이것이 이 미로를 탈출할 유일한 창구라는 것을.

그렇게 생각한 근거는 단 한 가지.

몇 번의 리셋을 반복하는 동안 이 카드는 발견할 수 없었으니까.

단순히 정말로 발견하지 못한 것일 뿐, 원래부터 이곳에 있던 물건일 수도 있다.

그렇다 하더라도 독서준에겐 필요했다.

희망이 되어줄 무언가가.

자신을 이끌어 줄 수 있는 실마리가.

독서준은 카드를 긁을만한 모든 곳에 긁어보았다.

카드 결제기는 기본에 사각형 구멍이 있는 곳에는 모두 다.

그것이 창틈이든 맨홀 뚜껑이든.

다섯 번 정도의 리셋을 반복했을까.

또다시 새로운 물건을 발견할 수 있었다.

이번에는 원기둥으로 묶여 있는 두꺼운 양피지.

종이가 발명된 현대에선 절대로 사용될 일 없는 그런 물건이었다.

독서준은 돌돌 말아져 있는 양피지를 풀며 쓰여 있는 투박한 글씨를 천천히 읽었다.

"이동⋯장치?"

큰 글씨로 쓰여 있는 이동장치란 단어 아래에는 주의사항처럼 보이는 문장이 조그마한 글씨로 쓰여 있었다.

대부분은 지워져서 읽기 불가능한 수준이었지만 다행히 몇몇 문장을 읽을 수 있었다.

다행히도 가장 중요해 보이는 별표가 5개 쳐져 있는 문장은 지워지지 않았다.

독서준은 다른 문장을 모두 무시한 채 그 문장을 먼저 읽었다.

"장치가 정상적으로 작동하지 않을 경우 관리자 카드를 사용하여 탈출할 것."

그 아래에는 탈출하지 못하면 생기는 부작용에 대해 쓰여 있는 듯이 보였다.

그 부작용이 무엇인지는 제대로 알 수 없었다.

하지만 5개의 별표를 무시해도 될 정도의 부작용이 아니라는 것은 누구나 알법한 일이었다.

불안함이 극으로 치던 독서준은 이곳을 1초라도 빨리 탈출하고 싶다는 마음이 육체를 지배했다.

움직였다.

계획도 없이. 두 손을 사용하며.

다시 5번 정도의 리셋을 반복하고.

독서준은 드디어 이곳을 탈출할 수단을 찾을 수 있었다.

"여기였구나…."

처음 독서준이 들어온 입구.

하지만 리셋하지 않고는 절대로 찾을 수 없는 출구였다.

피로와 안도감이 분노로 바뀌는 것은 한순간이었다.

하지만 그 감정을 배출하기에는 지금의 육체가 고통을 내지르고 있었다.

이 감정은 잠시 후 해소하자고 생각한 독서준은 한참도 이전에 주웠던 카드를 문 옆에 있는 구멍에 꽂았다.

그 순간, 그 구멍에선 일순간의 짧은 빛을 내고 카드와 함께 사라졌다.

"이제 된 거겠지…."

라고 생각한 독서준은 조심스럽게 문고리를 잡았다.

그리고 큰 숨을 내뱉으며 문을 밀려고 한 순간.

"뭐, 뭐야!"

문이 당겨졌다.

그리고 그 너머로 보인 것은, 자신을 꽉 껴안고 있는 이서아
뿐이었다.

*

"잘 지냈어?"

오랜만에 만난 사람과의 대화에서 가장 무난한 선택지를 독서
준은 골랐다.

실컷 울곤 눈가가 시뻘건 사람한테는 할법한 말이 아니었지만
말이다.

"아니…. 전혀."

얼굴을 옷에 박고 있어 제대로 된 발음으로 들리진 않았지만
분명 거절의 말이었다.

이 질문에 부정의 답을 처음 들어본 독서준은 이 이후의 대화를
어떻게 끌어내 가야 할지 지금까지 읽은 책의 내용을 복습했다.

운명이 갈라버린 우리

그리고는 찾아냈다.

남자 주인공이 오랜만에 재회한 여자 주인공에게 해주었던 말이.

"나도 내 심장이 없는 기분이었어."

"……."

아무 대꾸 없는 이서아의 모습에 자신이 말실수한 것인지 또 고민에 빠졌다.

분명 그 소설에는 여자 주인공이 자신도 폐가 없는 느낌이었다며 받아쳐 줬는데….

"심장 없으면 죽어, 바보야."

간단하게 검지로 눈가에 묻은 눈물을 닦으며 입가에 미소를 보이는 이서아.

다행히 실패한 것은 아닌 모양이었다.

"지금까지 어떻게 지냈어."

독서준은 아직 남아 있는 물기를 걷어내며 물었다.

하지만.

"여기서는 할 말이 아닌 거 같아."

노래도 부르지 않고 드라마를 보는 듯이 관람하는 옛 친구들 앞에서 할 말은 아닌 것 같았다.

어딘가 조용한 곳이 필요했다.

하지만 지금은 늦은 새벽.

조용하면서 다른 사람의 눈에 띄지 않는 곳.

"우리 집이라도 올래?"

독서준의 집이 최적이었다.

이서아는 초조한 발걸음을 가지고 독서준의 뒤를 따라갔다.

눈치 없이 쿵쾅거리는 심장은 오히려 지금의 분위기를 직시하게 했다.

그러나 이서아가 독서준의 방에 들어간 순간.

조금 전까지 가지고 있던 모든 설렘과 긴장은 일순간에 사라졌다.

"여기서 살아…?"

흔히 드라마에서 나오는 부잣집에서 키우는 개집 정도의 크기에서 살고 있어 놀란 것이 아니었다.

이런 말을 직설적으로 해도 되는지 모르지만…. 너무 더러웠다.

입구부터 가득 차 있는 상자 안에 담겨 있는 쓰레기는 그 안에 담겨 있는 것조차 알 수 없는 그야말로 판도라의 상자 그 자체였다.

이서아는 독서준이 걷는 자리를 똑같이 밟으며 놓아둘 장소도 없어 벗어두지도 못한 신발이 더러워지지 않게 하기 위해 노력했다.

"미안, 원래 저번주에 청소 업체가 오기로 했는데…."

독서준은 멋쩍게 웃으며 안방의 문을 열었다.

생각보다 넓은 그의 안방에는 사람 한 명 누울 수 있는 정도의 침대와 셀 수도 없이 많은 책이 방을 가득 채우고 있었다.

독서준의 집에서 유일하게 청소가 되어 있는 장소.

편안하게 다닐 수 있다는 것에 안도를 느낀 이서아는 책들을 치워 자리를 만들곤 바닥에 털썩 앉았다.

"여기는 깨끗하네."

"책들이 오염되는 건 보기 싫으니까."

"…여전하구나."

과거와 전혀 변하지 독서준의 모습에 옛날 기억이 새록새록 떠오른 이서아는 회포를 풀 듯이 즐겁게 얘기했다.

처음에는 어색한 모습을 보이던 독서준도 어느새 과거의 추억이 떠오른 것인지 즐거운 대화가 시작되었다.

현재까지 어떻게 살았는지.

시간만 있다면 몇 달은 떠들 수 있는 주제로 끝이 날 것 같은 기미가 보이지 않았다.

"…그때 기억나?"

졸업식 날. 서로에게 한마디도 없이 헤어진 기억하기 싫은 과거의 기억.

독서준은 가볍게 고개를 끄덕였다.

"사실 그때 후회하고 있었다?"

독서준의 집에 오기 전 편의점에서 술을 구매한 둘의 곁에는 이미 많은 술병이 굴러다니고 있었다.

지금 이 얘기를 할 수 있는 것은 분명 술의 힘도 있을 것이다.

"…후회?"

"응, 그때 왜 너를 잡지 않았을까라는 후회."

"잠깐만, 그게 무슨 소리야? 후회라니?"

"마지막 고백을 하지 않았다는 후회. 결국 너가 나를 좋아하게 했다는 것에 실패했다고 생각했거든."

"실패라니, 무슨 실패? 나는 너가 계약이 끝났다고 더 이상 만나주지 않았다고 생각했는데…."

서로에 대한 간단한 문제. 대화 한 번이면 풀 수 있던 사소한 오해는 대화 한 번을 하지 않아 계속해서 쌓이기만 할 뿐이었다.

"뭐야, 그런 거였어?"

둘은 슬며시 눈을 감으며 지금까지의 행보를 생각해 보았다. 어이없는 자신들의 행동에 살짝 웃음이 터져 나온 그들은 그대로 방바닥에 대(大) 자로 누워버렸다.

웃음은 한참이나 멈추지 않고 계속되었다. 독서준이 이서아의 손을 조심스럽게 잡기 전까지는.

2개의 손이 포옹하고. 2개의 입술이 서로 맞닿으니.

언제나 혼자였던 밤이 외롭지 않게 되었다.

…이것은 모두 15년 전의 이야기.

그 시절부터 지금까지 남아 있는 것은 독서준이 유일.

그 시절의 집을, 그 시절의 친구들을, 그 시절의 병을.

모두 과거에 두고 미래로 도망쳐 왔다.

그 시절의 이서아마저도.

운명이 갈라버린 우리

제5장

다시 만나러 갈게

20년 전, 다시 재회하게 된 둘은 세상에 단 하나밖에 없는 행복을 누리고 있었다.

독서준은 더 이상 과거의 망령처럼 살지 않았다.

독서준의 병은 호전되는 것이 눈에 보일 정도로 나아지고 있었으며, 이윽고 책이 없어도 그럭저럭 버틸 수 있게 되었다.

흡연자가 담배를 끊을 때 끊는 것이 아니라 참는다고 말하는 것처럼.

하지만 이서아는 아니었다. 시간이 얼마나 지나도 상상을 못 하는 병은 나아질 기미가 보이지 않았다. 그래도 괜찮았다.

이서아의 상상, 언제나 독서준이 도와주면 되는 일이었으니까.

둘은 언제나 행복했다.

그렇게 3년이란 시간이 파도의 흐름 속에서 재빠르게 지나가고. 자연스럽게 결혼에 관한 이야기가 나오게 되었다.

지체할 것은 없었다. 하지만 아직 시간이 필요했다.

이서아의 재산을 빌리면 누구보다 성대한 결혼식을 올릴 수 있었다.

하지만 그러기 싫었다. 결혼식만큼은 자신들의 힘으로 하고 싶었다. 그렇기에 아무리 이동재가 도와준다고 몇 번이나 말을 건네도 몇 번이나 거절했다.

다행히 결혼식 준비는 순조롭게 흘러갔다. 이따금 이서아가 일반인 남성과 결혼한다는 내용이 보도되긴 했지만, 그 기사는 하루도 가지 못한 채 내려가기 일쑤였다.

그러다 한 가지 문제가 생겼다.

"서준아…. 오랜만이야."

가끔 흘러나오는 기사를 본 것인지. 독서준의 부모를 자청하는 사람이 나타났다.

기억에 스며 있는 과거를 찾아보니 저들은 정말로 독서준의 부모가 맞았다.

하지만 뭔 생각으로?

어떤 낯짝을 가지고 여기로 찾아온 것일까.

이제야 잊어버린 과거를 들고 온 부모를 독서준은 매몰차게 쫓아냈다.

독서준의 뒤통수에 말에 담지도 못할 심한 말들을 맹목적으로 내뱉고 있었다.

몇 명의 경호원들이 독서준의 부모를 내쫓았지만 그런데도 마음에 새겨진 상처는 지워질 리 없었다.

하지만 결혼식에 영향을 주기 싫었던 독서준은 이 일을 비밀로 숨겼다.

결혼식은 소소하게 진행되었다.

하객으로 온 사람은 직계 가족을 제외하고는 고등학교 때 사서 선생님이나 이서아와 아주 친했던 친구 몇 명.

모두의 축복 속에서 둘은 평생의 약속을 맺었다.

그렇게 몇 년간의 행복이 눈 깜짝할 사이에 지나갔다.

그리고는 새로운 행복이 그들을 향해 다가오고 있었다.

"분홍색 옷을 준비하는 게 좋겠네요."

가족 구성원이 늘어났다.

이름은 이미 생각해 놓았다.

다행히 서로의 생각이 달라 싸우는 일 없이 바로 결정할 수 있었다.

"독시현…. 역시 이 이름 말곤 생각할 수 없어."

왜인지는 몰랐다.

하지만 마치 이 이름이 운명이라는 듯이 번뜻 떠올랐다.

과거에 만난 독시현이 떠올랐지만 그건 지금과 별로 상관없는 일이었다.

이름을 정한 날부터는 하루하루 쉴 틈도 없이 흘러갔다.

옷을 사고, 침구류를 사고, 장난감을 사고.

여러 권의 육아 책을 읽었다.

부족함 하나 없는 삶을 살게 해주기 위해 끊임없이 노력했다.

그렇게 독시현을 처음 볼 날이 다가오고.

독서준과 이서아가 함께 수술실에 들어갔다.

고통스러운 신음을 흘리는 이서아의 손을 강하게 잡아주었다.

얼마 있지 않아 모두가 행복한 출발을 할 수 있을 것만 같았다.

이서아가 '상상'을 하기 전까지.

순식간에 벌어진 일이었다.

막을 수도 없는 일이었다.

"아이와 함께 있는 모습을 상상해 보세요."

간호사의 입장에선 이서아에게 힘을 주기 위한 응원의 말.

하지만 그 말은 절대로 이서아가 힘을 얻을 수 있는 말이 아니었다.

평소에 이서아였다면 그 정도의 말, 흘려들을 수 있었을 것이었다.

하지만 온 신경을 집중하고 있을 때의 들린 그 말은 흘려듣지 못하고 실천으로 이어지게 되었다.

이서아는 '상상'을 해버렸다.

조금 후에 있을 새빨간 독시현을.

유리 벽 하나 너머로 쳐다볼 수 있는 독시현을.

배가 고파 울어대는 독시현을.

다시 만나러 갈게

반찬 투정을 하는 독시현을.

유치원에 가기 싫어 떼를 쓰는, 사고 싶은 장난감을 위해 백화점에서 울고 있는, 독서준의 어깨를 두들겨 주는, 친구들과 집에서 신나게 노는, 함께 놀이공원에 가서 솜사탕을 먹고 있는, 초등학교에 입학하는, 책가방을 메고 다녀오겠다고 인사하는, 같이 앉아 저녁을 먹는, 사춘기가 와 방문을 잠그곤 열지 않는, 시험 성적으로 울고 웃는, 대학에 가겠다고 굳게 다짐하고 공부하는, 원하는 대학에 붙어 기뻐하는, 취업에 번번이 실패하여 힘들어하는, 결국에 원하는 곳에 붙어 기뻐하는, 남자친구를 소개해주는, 화려한 결혼식을 보여주는, 손자를 자랑하는, 먼저 죽는 자신을 보며 슬피 우는.

그런 독시현을 '상상'했다.

상상병이 이서아를 덮쳐왔다.

위기감을 느낀 의사는 독서준을 밖으로 내보냈다.

이후의 상황은 독서준이 알 방법이 없었다.

수술실로 급하게 이동한 이서아는 독시현을 남기고는 세상을 떠났다.

의사는 최선이었다고 말했다.

그딴 말 따위 아무런 상관없었다.

이서아가 죽었다. 이것만이 결과로 남고 나머지는 아무래도 좋았다.

독서준이 이서아의 죽음을 부정한들, 무엇 하나 변하지 않았다.

병원에서는 이서아의 죽음을 확정 짓는 서류를 작성하고 있었으며 어느새 장례식 준비까지 끝내고 있었다.

이제 막 해외에서 급하게 돌아온 이동재는 아무런 말도 하지 않고 굳건히 빈소를 지켰다.

그렇게 3일간의 장례식이 끝나고, 독서준은 터벅터벅 발걸음을 옮기며 독시현을 만나러 갔다.

이서아가 남긴 유일한 흔적.

독서준은 유리창 너머로 한참이나 독시현을 바라보았다.

좋은 꿈이라도 꾸는 것인지 슬며시 웃는 독시현에 독서준도 쓸쓸하게 아빠 웃음을 지었다.

이날 독서준은 다짐했다.

누구보다 독시현을 행복하게 키우겠다고.

각오를 되새기고 집에 돌아갔다.

아이와 함께 살기에는 불편함 없는 집.

하지만 이곳에 있으면 자신이 약해진다. 이서아의 모습이 보이면 약해진다.

그것을 스스로 알고 있는 독서준은 다른 곳으로 이사하기로 마음을 먹었다.

짐을 하나씩 정리해 나갔다.

이서아의 물건까지.

"아…. 이런 것도 있었지."

이서아의 일기. 죽기 하루 전까지 하루도 빠짐없이 빼곡하게 쓰여 있다.

상자를 가지고 와서는 모든 일기를 집어넣었다.

박스 테이프로 상자를 열지 못하게 감았다.

그 후로, 몇 번 정도 독시현을 더 만나고 오니 어느새 이사할 날짜가 되었다.

마침 모레면 독시현이 좁디좁은 방 안에서 나오는 날.

독서준은 빠르게 이삿짐을 정리했다.

어차피 남는 것이 시간. 그리 오래 걸리지 않고 깔끔하게 청소되었다.

둘이 살기에는 적당한 공간에서 독시현은 자라났다.

독시현은 흔히 말하는 천재였다.

이서아의 천재적인 두뇌와 독서준의 끈기를 가진 천재.

하나를 알려주면 열이 아닌 모든 것을 알아냈다.

다행이란 것은 독시현은 상상병을 가지고 있지 않다는 것.

하지만 커져만 가는 독시현을 보며 독서준은 단순하게 기뻐할 수 없었다.

아무리 부족함 없이 키운다고 하더라도 한 사람의 빈자리는 그리 쉽게 채워지는 것이 아니었다.

가끔 날아오는 "나는 왜 엄마가 없어?"라는 질문에 침묵으로 대답할 수밖에 없었다.

독시현도 알고 있을 것이었다. 그야 그녀는 천재였으니까.

그녀가 궁금한 것은 어떻게 자신의 엄마가 사라지게 되었는지.

아직은 알려줄 수 없었다.

나중에, 독시현이 자신의 신념을 확고하게 가졌을 때.

이동재가 이서아에게 알려준 것처럼 독서준도 그럴 생각이었다.

그래, 그럴 생각이었다.

"이거 뭐야?"

"독시현, 아빠가 여기 들어가지 말랬지!!"

"이거…. 정말이야?"

베란다에 작게 달린 창고. 창고 안에는 이서아의 유품이 자리를 차지하고 있었다.

유품을 정리했지만 버릴 수 없었던 독서준의 최선의 선택이었다.

그런 창고 안에서 가장 깊숙하게 숨겨두었던 것.

테이프로 칭칭 감아둔 상자 하나.

그곳에는 이서아의 일기가 있었다.

지금은 독시현의 손에 들려 있는 그 일기.

눈을 뗀 지 별로 되지 않았음에도 독시현은 그 많은 책을 다 읽은 것인지 독서준을 눈물이 가득 맺힌 눈으로 보고 있었다.

일기가 마지막으로 써진 날은 독시현의 생일 전날.

자신의 엄마가 자신 때문에 죽었다. 긴가민가했지만 그렇게 생각한 독시현이었다.

"아빠, 대답해 줘."

상자를 파헤치고 있던 독시현을 본 순간의 화는 이미 누그러지고 독시현에 대한 미안함밖에 남지 않았다.

지금은 독시현의 질문에 대해 부정할 수 있었다.

나중에 뒷감당은 할 수 없겠지만 이서아의 죽음을 평생 비밀로 하면 됐으니까.

하지만 그럴 수 없었다.

그러고 싶었지만 그럴 수 없었다.

독서준은 일기를 상자 안에 다시 넣고 거실로 들고나왔다.

독시현은 손으로 눈을 비비며 그런 그의 등을 따라 걸어왔다.

둘은 소파에 앉고는 서로를 쳐다보았다.

"후우."

숨을 크게 들이마시고.

"알려줄게, 하나의 거짓 없는 진실을."

진실을 알려주었다. 그날의 진실을.

독서준과 이서아의 첫 만남. 둘이 각각 가지고 있던 병. 계약 연애와 다시 만난 일.

마지막으로 독시현이 태어난 날까지.

"슬프지 않아?"

"슬퍼."

"겉으로 보기에는 괜찮아 보이는데?"

모든 것을 들은 독시현은 생각보다 차분했다. 자신은 슬퍼할 수 없다는 듯한 얼굴.

그야.

"아빠가 더 슬퍼하고 있잖아."

"어? 내가 왜 이러지?"

독서준의 눈에서 서글픈 눈물이 흐르고 있었다.

잊을 수 없었다. 잊을 리 없었다. 평생을 살아가도 잊을 수 없다. 아무리 행복하고 행복해도, 둘로는 이룰 수 없는 행복이 존재했다.

만나고 싶었다. 한 번이라도 좋으니까 보고 싶었다. 그렇지만 그 감정을 보일 수 없었다.

약한척할 수 없었으니까. 독시현이 슬퍼하지 않았으면 했으니까.

언제나 강한 척을 했다.

자신의 마음이 어찌 되고 있는지는 생각하지도 못한 채.

"괜찮아."

독시현이 고사리 같은 손으로 독서준을 꽉 안아주었다.

7살의 위로라고 생각이 되지 않을 정도로 따듯한 위로.

독서준은 흐르는 눈물과 함께 소파와 하나가 되어 달을 떠나보냈다.

*

"언제 잠들었지?"

따스운 햇빛에 눈을 뜨게 된 독서준은 팔과 다리를 펴며 시원한 기지개를 켰다.

정신을 차리기 위해 차가운 물로 세수를 한 독서준은 방으로 들어갔다.

그곳에서는 혼자 자는 것이 무섭지 않은 것인지 독시현이 꿈나라를 여행하고 있었다.

걷어차여 있는 이불을 다시 덮어주고는 주방으로 걸어갔다.

능숙하게 냉장고에서 재료를 꺼낸 독서준은 아침을 만들기 시작했다.

아침 메뉴는 소시지 야채 볶음.

가장까지는 아니더라도 독시현이 좋아하는 메뉴 중 하나였다.

독서준은 생각을 고쳐먹었다.

슬픈 것은 슬픈 것이다.

잃어버린 것은 잃어버린 것이다.

과거로는 다시 돌아갈 수 없다.

할 수 있는 것은 현재를 최선을 다해 살아가는 것이다.

마음속에 살아있는 이서아를 억누르지 않고 인정하기로 했다.

언제나 생각할 거다.

밥을 먹을 때도, 잠을 잘 때도, 죽을 때에도.

그러고는 다시 만날 때 말해줄 것이다. 자신이 지금까지 어떻게 살아왔는지.

"으음⋯. 아빠 뭐해?"

"시현이 일어났어? 손 씻고 세수하고 와. 아침 먹어야지."

식탁 위에 반찬과 밥을 올리고는 독시현이 오는 것을 기다렸다.

"맛있게 먹겠습니다!!"

정말 엄청난 미식을 먹는 것처럼 허겁지겁 먹는 독시현을 보고는 독서준은 천천히 먹으라 말하며 입가에 묻은 소스를 닦아주었다.

그 후로는 독시현 스스로 양치하고, 옷을 입었으며.

손을 꽉 잡고는 유치원 셔틀버스를 기다렸다.

"다녀오겠습니다!"

인사를 꾸벅하고, 볼에 가벼운 뽀뽀를 한 독시현은 버스 위에 올라탔다.

버스의 문이 닫히고 모습이 보이지 않게 될 때까지 독서준은 계속해서 손을 흔들었다.

독시현이 돌아오는 시간은 3시. 그러니 그전에 청소를 비롯한 대부분의 집안일을 끝내야 했다.

"다녀왔습니다!"

독시현이 밝은 미소로 독서준에게 포옹했다.

그런 날이 반복되었다. 행복한 나날들이.

나이를 하나씩 먹어갈수록 독시현과 의견이 충돌되는 일도, 말싸움하는 날도 덩달아 늘어갔지만, 마무리는 언제나 독시현이 가장 좋아하는 크림 파스타를 먹으며 화해했다.

크림 파스타가 약간 느끼하다고 생각하는 독서준은 대신 살짝 매콤한 알리오 올리오를 먹었다.

그럴 때마다 독시현은 언제 화를 내고 싸웠는지 기억하지도 못한 듯이 행복한 웃음을 보였다.

그러나 독시현이 중학교에 들어가고, 많은 것이 달라졌다.

"내 방에 들어오지 마!"

비록 사춘기가 온 대부분의 아이들이 이렇게 행동한다고 하더라도 충격을 받는 것은 어쩔 수 없었다.

나이가 들어갈수록 엄마가 없는 빈자리는 점점 더 크게 느껴질 것이었다.

말은 하고 있지 않지만, 학교에서 놀림받고 있을지도 몰랐다.

결혼할 때는 상대가 이해하지 못하고 지탄할 수도 있었다.

지금은 자신의 자아를 확립해 나갈 때.

독서준은 한 발짝 물러서 시간이 해결해 주기를 기다렸다.

그러던 어느 날.

절대 열리지 않을 것만 같은 독시현의 방문이 활짝 열려 있었다.

독시현은 독서준의 손을 잡고는 자신의 방으로 이끌었다.

독서준의 눈은 안대 같은 것으로 가려져 있어 앞을 확인할 수 없었다.

더듬더듬 앞을 만지며 걸어가니 손에 차갑고 딱딱한 기계와도 같은 표면이 만져졌다.

"이게 뭐야?"

"안대 벗어봐."

독서준은 조심스레 안대를 벗었다.

방을 가득 채우고 있는 원형의 기계.

독서준은 궁금증이 가득 차 있는 두 눈으로 독시현을 바라보았다.

"엄마 보고 싶어?"

"응…? 당연히 보고 싶지."

왜 이런 질문을 하는지는 모르겠지만 구태여 답을 해주지 않을 이유는 없었으니 답을 해주었다.

언제나 보고 싶었다.

어린 독시현에게 위로를 받은 이후, 단 한 번도 마음속에서 이서아를 부정한 적이 없었다.

대답을 들은 독시현은 능숙하게 기계를 조작하더니 이윽고 기계의 한 면에서 안으로 들어갈 수 있는 문이 열렸다.

기계가 작동되며 생긴 소음에 놀란 독서준은 한 발짝 물러섰지만, 위험이 없다는 것을 깨달은 그는 다시 기계에 다가갔다.

열린 문틈 사이로 보이는 기계 안에는 마치 히어로 만화에서 볼법한 광경이 펼쳐져 있었다.

히어로들이 거대 로봇을 움직이는 조종실.

전등으로 푸른 빛을 선택한 그것은 미래의 모습이라고 할만한 가치가 충분히 있었다.

독서준은 그것을 쳐다보기만 할 뿐, 아직 그 안으로 들어갈 용기는 없었다.

독시현은 그런 아빠가 답답했는지 고개를 도리도리 저었지만,

이윽고 미지의 공포를 이해했다는 듯이 손뼉을 치고는 이것이 무엇인지에 대해 설명해 주었다.

"이건 시간을 거꾸로 걸어가는 장치야."

"시간을… 거꾸로 걸어간다고?"

"응, 원래는 한 번에 돌아가고 싶었는데 지금 그런 에너지를 만들기에는…. 이건 너무 어려운 내용인가."

"쉽게 말해서 타임머신이란 내용이지?"

"그런 단순한 물건은 아니지만…. 쉽게 말하면 그런 거지."

"저걸로 과거를 바꾸는 것도 가능하고?"

"그건 아직 몰라. 그래서 지금 실험해 보려고."

"지, 지금? 아빠는 아직 마음의 준비가…."

"그런 건 안에서 하면 돼!"

독시현이 독서준은 기계 안으로 밀어 넣었다. 이윽고 독시현도 기계 안으로 들어와 익숙한 듯이 자리에 앉고는 자판을 누르더니 기계가 여태까지 없던 심각한 수준의 흔들림이 시작되었다.

곧이어 모든 전등이 소등되고 깜깜해진 어둠 속에서 흔들림이 점차 줄어들었다.

"아직 안 끝났어."

꺼졌던 불도 다시 켜졌다. 하지만 아직 과거로 돌아가지는 못한 것 같았다.

롤러코스터보다 더 좋지 않은 탑승감에 구토감이 밀려온 독서준은 한시라도 빨리 기계에서 나가고 싶어질 뿐이었다.

이런 마음이 간절히 닿은 덕분일까. 다행히 다음 과정은 기계를 타야 하는 행동이 아니었다.

푸슉 하고 하얀 연기를 내뿜으며 열리는 문을 통해 독시현은 연기를 걷어내며 기계에서 내렸다. 그다음 팔짱을 끼고 독서준을 바라보는 것이 빨리 내리라고 재촉하는 듯이 느껴졌기에 어쩔 수 없이 흔들리는 머리를 양손으로 잡고는 조심스럽게 하차했다.

"뭐야, 여긴⋯."

독시현은 제대로 된 과거로 돌아가기 위해 아직 과정이 남아 있다고 했다.

하지만 독서준이 보기에는 이미 과거로 돌아왔다고 생각할 수밖에 없었다.

타임머신을 탄 것은 아파트, 작은 방 안에서. 하지만 기계에서 내리니 아무것도 없는 허허벌판 공터였다.

타임머신을 만들려다 순간 이동장치를 만들 정도로 독시현은 바보가 아니었다.

독서준은 의문을 표하기 위해 독시현을 찾았다. 그러나 뭘 하는 것인지 한참이나 멀리 떨어져 있는 독시현은 아무리 불러도 들리지 않는 듯 아랑곳하지 않았다.

하는 수 없이 옆으로 직접 가야겠다고 마음먹은 독서준은 독시현의 곁으로 걸어갔다.

"뭐 해?"

독시현은 공터에 있는 물건을 집어던지고 있었다. 그것도 엄청 귀찮다는 표정을 하고는.

"열쇠 찾고 있어."

"열쇠라니. 과거로 돌아가는 데 무슨 힌트라도 필요한 거야?"

"비유적인 표현이 아니라 진짜 열쇠. 벽에 있는 문을 열어야 비로소 과거로 돌아갈 수 있거든."

독시현의 말에 따르면 이곳은 과거가 맞다고 했다. 하지만 이곳은 격리된 공간.

신이란 존재가 방해라도 하는 것인지 과거로 한 번에 돌아가는 것은 몇 번을 시도해도 할 수 없었다 했다. 그렇다고 방법이 없는 것은 아니었다. 한 번에 갈 수 없다면 두 번에 가면 되는 것이었다.

이 구역은 격리된 구역. 누구에게도 관측되지 않는 장소.

아무도 찾지 못하는 격리된 구역을 만들고 그 구역을 제거한다. 번거로운 과정이지만 과거로 갈 수 있다면 그따위 아무래도 좋았다.

지금 독시현이 하고 있는 것은 구역을 제거하기 위한 열쇠를 찾는 과정. 저렇게 해서 어떻게 열쇠를 찾는 것인지 모르겠지만….

"찾았다!"

찾았네? 독시현은 어디선가 본듯한 열쇠를 기쁜 표정으로 가져오며 행복한 미소를 지었다.

그러나 그 기쁜 표정은 오래 가지 못하고 아까의 귀찮은 표정으로 돌아갔다.

"한 번 더 해야 해…."

독시현은 독서준이 이곳의 물건을 만졌을 때 무슨 일이 벌어질지 모른다며 만질 수 없게 강렬히 주장했다.

그렇기에 물건을 던지고 부수는 것은 오직 독시현의 몫. 독서준은 어딘가에 있던 파괴 충동이 몰려와 슬퍼졌지만, 과거에 갇히는 그런 일은 상상하고 싶지도 않았기에 얌전히 독시현의 말을 들었다.

이번에 물건을 부수는 것은 출구를 찾기 위해서란다. 정말 귀찮은 과정이 아닌가 싶었다.

그런데도 끈기 있는 독시현의 행동에 어느새 출구처럼 보이는 새로운 문이 생겨났다.

"가자."

더 이상 움직일 힘도 없어 신발을 질질 끌며 움직이는 독시현이었지만 그 눈에는 강렬한 호기심이 담겨 있었다.

독시현은 문 옆, 작은 구멍에 열쇠를 꽂아 넣고 돌렸다. 철컥 소리와 함께 독서준의 손을 잡고는 함께 문을 열었다.

"여기는…."

"아는 곳이야?"

익숙한 장소였다. 익숙할 수밖에 없는 장소였다.

나이를 함께 먹었다 해도 과언이 아닌 건물. 이제는 볼 수 없는 건물.

그때의 거대한 도서관이 웅장하게 자리를 지키고 있었다. 독서준이 아는 것보다는 훨씬 더 새것의 느낌이 났지만, 저곳에 들어갈 수만 있다면 그 정도는 충분히 넘어갈 수 있었다.

이른 아침이어서일까, 학생으로 보이는 대부분의 사람이 의자에 앉아 공부하며 책을 읽고 있었다.

단 한 사람을 제외하고는.

"저 사람 뭐 하고 있는 거 같아?"

"누구요?"

"책장 뒤에 있는 사람. 어딘가를 뚫어지게 쳐다보고 있는 거 같은데…."

그래, 마치 스토커처럼. 찰나도 놓치기 싫다는 마음이 강하게 보이듯 독서준이 눈을 열 번 넘게 깜빡일 동안 스토커는 단 한 번의 깜빡임을 허용하지 않았다.

독서준은 경찰에 신고라도 해야 하나 생각하며 가져오지도 않은 휴대폰을 꺼내기 위해 주머니를 만지작거렸다.

"뭐 하세요?"

"엣?! 그…. 아무것도 아니에요!"

하지만 독시현은 그럴 생각이 없었다. 돌아가는 것은 귀찮다. 갈 수 있다면 직진으로. 이것이 독시현의 가치관.

귀찮은 것을 싫어하는 독시현은 바로 스토커에게 다가가 지금 뭘 하고 있는지를 물어보았다.

스토커가 어떻게 나올지도 모르면서 저런 행동을 하는 것이 무모해 보였지만 어떻게 나왔든 독시현은 모든 대응을 생각해 놓고 움직였을 거다.

다행이라 해야 할까, 스토커는 들킨 것이 부끄러운지 무릎을 접고는 수그려 앉아 손으로 얼굴을 가렸다.

도망갈 의지도 없어 보이는 것이 천천히 심문해도 괜찮아 보였다.

"이름이 뭐예요."

"최아윤⋯."

최아윤이라⋯. 익숙한 이름이었다. 그야 장모님의 성함이니까.

스토커의 이름을 들은 순간, 이 상황이 어딘가 익숙하게 느껴졌다.

도서관에서의 스토킹, 그리고 최아윤의 인생.

우연으로 치부하기엔 불가능한 상황에 독서준은 자신의 앞에 있는 것이 자신의 장모임을 깨달았다.

"뭐 하고 있었어요? 스토커가 꿈이에요?"

"그게⋯."

"시현아 그만, 더 이상 말하지 마."

일기의 내용이 사실이라면 곧 있으면 이동재가 최아윤에게 다가올 것이었다. 그때 독서준과 독시현이 최아윤의 옆에 있다면?

한 번 틀어진 과거가 미래에 어떤 변화를 일으킬지 상상할 수 없었다.

다시 만나러 갈게

아쉽다는 표정을 지은 독시현을 끌고 가며 독서준은 입술에 검지를 올리며 이 일은 비밀이란 듯이 속삭였다.

머릿속 판단이 상황을 따라가지 못한 최아윤은 어리둥절한 표정을 지었지만 이내 정신을 차리고는 이동재를 쳐다보았다.

이동재가 한 번 사라지면 찾기까지 시간이 소모되니까.

그러나 다시 쳐다본 책상에는 이동재가 보이지 않았다.

"뭐야, 너가 왜 여기 있어."

이동재가 다시 나타난 것은 최아윤의 등 뒤. 최아윤은 깜짝 놀라 이상한 소리를 내며 자리에 주저앉아 버렸다.

오늘따라 주저앉은 일이 많은 것 같았다.

"괜찮아?"

이동재는 최아윤의 손을 잡고는 일으켜 주며 사람이 없는 곳으로 이동했다.

이 정도면 됐다. 최아윤의 일기와 모든 상황이 같았다.

미래로 돌아와서는 최아윤의 일기에 '이상한 부녀를 만나 스토킹을 들켰다.'라는 문장이 추가될 수도 있었지만, 그리 중요한 사안은 아니라고 생각했다.

"돌아가자."

"응…."

독시현은 어딘가 아쉬운 눈치였지만 이 이상 이곳에 있어 할 수 있는 것이 없었다.

애초에 이번은 시험 운행. 다음은 더 중요한, 이서아를 만나러 갈 시간이었다.

*

"뭐 하고 있어?"

"필사."

"필사? 왜 그런 걸. 그것도 엄마의 일기를."

현재로 돌아온 독시현은 1초의 망설임도 없이 이서아의 일기를 베끼어 쓰고 있었다. 한 글자도 놓치지 않게, 띄어쓰기와 문법, 줄 나누기까지.

글씨체만 보정한다면 진짜와 가짜를 구별할 수 없을 정도의 필사.

"과거에 가져가려고. 어떤 일이 생길지 모르잖아. 중요한 일인데."

"그렇긴 하지. 좀 도와줄까?"

독서준은 중간에 있는 책을 골랐다.

그 책은 공교롭게도 이서아가 최아윤에 대한 진실을 알게 된 날.

운명인가 생각하며 천천히 필사를 이어나가던 독서준은 이내 손을 멈출 수밖에 없었다.

"없어…."

"뭐가?"

"진실을 들은 과정이."

이 책이 아닐까? 독서준은 다른 책들을 꺼내 보며 자신이 착각한 것이면 좋겠다는 기대를 품었다.

하지만 없었다. 계속해서 읽어봐도 보이지 않았다.

최아윤이 죽은 이유를 들은 그날의 이야기가. 독서준이 찾아와 이서아를 위로해 준 이야기가.

"없어…."

마지막 권까지 읽은 독서준은 순식간에 공포적인 미안함에 시달렸다.

이 시대의 이서아는 자신의 어머니가 죽은 이유조차 모른 채 생명을 다했다.

과거와 현재가 달라진 이유는 단 하나.

"그 짧은 대화 하나로 이런 미래가 생겼다고?"

그때의 만남과 이동재가 이서아에게 비밀을 알려주지 않은 것이 어떤 상관관계가 있는지 전혀 알 수 없었다. 하지만 원래 미래란 예측할 수 없는 것.

지금은 단순히 비밀을 알지 못하고 죽어버린 이서아에게 강한 미안함을 느낄 뿐이었다.

그리고 또 한 가지.

"사람을 살릴 정도로 간섭하면 어떻게 되는 거지…?"

목숨을 건드려 버리는 행동을 하면 미래는 어떻게 바뀌는 것일까. 감히 상상조차 할 수 없었다.

　그러나 최악의 경우.

　"시현이를⋯."

　독시현이 태어나지 않을 수 있었다.

　도박으로 2가지의 행복을 채우거나 지금 이대로 만족하며 하나의 행복을 만끽하고 살아간다.

　이지선다의 선택.

　하지만 독서준의 선택은 하나였다.

　"시현아, 과거로 돌아가는 건 그만두자."

　다시 말하지만 이서아는 자신의 목숨과 바꿔서라도 살려내고 싶었다. 그러나 독시현이 곁에 있는 지금.

　이서아가 돌아온다고 하더라도 그 자리를 독시현이 대신 차지하게 될 것이 분명했다.

　독시현을 절대로 잃고 싶지 않았다.

　"그게 무슨 소리야? 엄마를 살리기로 약속한 거 아니었어?"

　"그래, 엄마만 깔끔하게 살릴 수 있었다면 아무런 고민 없이 과거로 향했겠지."

　"미래가 바뀔까 봐 그래? 그런 거 해보지 않고는 모르는 거잖아!"

　"한 번의 시도가 모든 걸 결정해 버려. 실패의 대가는 너의 존재라고!"

　"싫어. 그런 작은 확률 따위에 내 꿈을 버리고 싶지 않아."

"시현아…. 제발 이번에는 아빠 말을 듣자. 다 너를 위해서…."

"겁쟁이 주제에…. 됐어, 아빠가 안 간다면 나 혼자라도 갈 거야."

"……."

쾅! 문이 강하게 닫히며 두 사람 사이의 공간을 나누었다.

물리적인 공간도. 정신적인 공간도.

들어가는 동안에도 이서아의 일기를 챙겨간 것을 보면 독시현의 의지는 분명해 보였다.

어떤 미래가 다가온다고 하더라도 그녀는 과거로 돌아갈 것이었다.

"이런 방법까지는 쓰기 싫었는데…."

그렇다고 하지만 독서준은 그녀를 과거로 보낼 수 없었다.

아무리 그녀가 독서준을 원망하고 미워해도 이건 어쩔 수 없는 선택이었다.

그렇게 생각한 독서준은 뜬눈으로 밤을 보냈다.

"…갔다 와."

등교하는 독시현의 등 뒤로 독서준이 조용히 속삭였다.

이 말이 그녀에게 닿았는지 알 수 없었지만 들렸다 하더라도 무시했을 테니 상관없었다.

독서준은 베란다의 창문으로 그녀가 등교하는 것을 쳐다보았다.

기다리고 있던 반 친구와 손을 흔들며 인사를 한 그녀는 잠시 독서준이 있는 창문을 쩨려보았다.

들켰나 생각하며 몸을 재빨리 숨긴 독서준, 다행히 학교 쪽으로 다리를 움직이는 것을 보면 들키지는 않은 것 같았다.

독서준은 자신의 발걸음을 재촉하며 독시현의 방 앞으로 다가갔다.

철컥철컥. 당연히 그녀의 문은 열릴 생각이 없었다.

그러나 결국은 나무로 된 문은 강한 충격에 부서질 운명. 거대한 망치로 문을 내려쳤다.

몇 번의 강한 충격과 함께 열리는 나무문. 그 뒤에는 어제 보았던 구체 모양의 기계가 위엄을 뽐내고 있었다.

어차피 곧 사라질 위엄이었지만.

독서준은 문을 부신 망치를 가지고는 기계를 내리찍기 시작했다.

그러나 독시현은 이 상황을 예상이라도 한 것일까.

아무리 강하게 내려친들 기계에는 작은 흠집 하나 생기지 않았다. 조그마한 구멍도 만들지를 못했다.

이대로면 안 된다. 독시현이 오기 전까지 반드시 이 기계를 고장내야만 했다. 작동도 되지 않을 정도로, 독시현이 의지를 잃을 정도로.

하지만 독서준의 의지보다 독시현의 의지가 더 강한 탓일까.

그녀가 오기 1시간 30분 전까지, 처음과 아무런 변화를 만들어 내지 못했다. 바뀐 것이라곤 처참하게 박살 나버린 문뿐.

저 문을 고치기도 해야 하니 이제 독서준에게 남은 시간은 겨우 1시간 정도였다.

이 이상 기계의 외부를 가격해도 소용이 없다고 생각한 독서준은 어쩔 수 없이 안쪽의 기계를 부숴보기로 생각을 고쳐 바꿨다.

애초에 기계를 부술 거였다면 바깥보다 내부의 중요한 장치들을 부숴버리는 것이 더 효과적이었다.

내부에 들어갈 수만 있다면.

몇 글자인지도 모르는 비밀번호가 걸려 있었다. 천재적인 해커가 아니라면 풀 생각조차 하지 않는 것이 좋다. 그렇지만 지금은 그 천재적인 해커가 되는 것 말고는 할 수 있는 방법이 없었다.

독서준은 독시현이 선택할 법한 비밀번호를 입력했다.

독시현의 이니셜과 생일을 조합하고, 그녀가 좋아하는 아이돌의 생일도 넣어보고. 독서준 자신의 생일도 살짝 기대하며 입력해 보며.

생각나는 그녀의 기념일을 계속해서 조합해 보았다. 그러나 계속되는 오답의 퍼레이드.

결국 반쯤 포기한 상태로 이서아의 생일을 눌러보았다.

역시나 아무런 반응이 없었다. 하는 수 없이 내일을 기약하며 문을 고치려고 한 순간.

어제와 같은 소리를 내며 기계의 문이 열렸다.

어제와 다른 점이라면 이번에는 전원이 꺼진 듯 내부에서 푸른 빛이 나오지 않는다는 점.

독서준은 망치를 든 상태로 천천히 걸어갔다.

어제는 정신이 없어 제대로 둘러보지 못했지만 구조는 생각보다 단순했다.

중앙에 거대한 모니터가 있었으며, 그 아래에는 용도를 알 수 없는 수많은 버튼이 달린 책상이 있었다.

그러나 이것들은 하드웨어. 기계를 멈추기 위해서는 소프트웨어, 즉 기계의 심장을 부셔야 했다.

그리고 그 심장은 자신이 심장이라는 것을 자랑이라도 하는 듯이 뒤편에 대부분의 자리를 차지하며 자신을 뽐내고 있었다.

시간이 얼마 남지 않았다.

독서준은 망치를 휘둘렀다.

쿵 하는 소리와 함께 심장이 꾸겨지는 것이 눈에 보일 정도로 망가졌다.

이후로도 이미 찌그러진 심장에 망치를 휘둘렀다. 완벽하기 위해서.

이 정도라면 이 기계는 더 이상 작동하지 못할 것이었다.

독서준은 서둘러 기계를 닫고 부서진 문을 고치며 아무런 일도 없었다는 듯이 소파에 앉아 텔레비전을 틀었다.

"다녀왔습…. 아."

습관적으로 인사를 할뻔한 독시현은 말을 삼키고는 얼른 자기 방으로 들어갔다.

독서준은 방에 들어간 그녀에게 집중했지만 독시현은 아무런 반응 없이 언제나처럼 조용할 뿐이었다.

그렇다는 것은 독서준이 방에 들어간 것이 들키지 않았다는 의미.

미안한 마음이 들었지만 지금뿐이다. 나중에 커서 지금을 생각해 본다면 그때의 생각이 철없었던 생각이란 것을 깨달을 때가 올 것이었다.

하지만.

독서준은 2가지의 실수를 범했다.

하나는 독시현의 결단력을 과소평가한 것.

그리고 또 하나, 기계를 완전히 부숴버리지 못한 것.

독서준은 혼자 저녁을 먹은 다음 방에 들어가 침대에 누웠다. 오랜만에 전문 서적이 아닌 소설책을 읽으며 졸음이 오기를 기다렸다.

그렇게 새벽 1시경, 독서준은 몰려오는 졸음을 참지 않고 잠을 청했다.

그 순간 인기척이 사라진 것을 눈치챈 독시현은 자신이 하고 싶은 행동을 실천했다.

"나 혼자서라도 할 거야…."

일기는 모두 복사했다. 머릿속으로도 이미 외워놨다.

과거로 돌아가 시간별로 해야 할 모든 것을 생각해 놓았다.

독시현은 기계에 올라타 몇 개의 버튼을 익숙하지 않은 듯이 매뉴얼이 쓰여 있는 종이를 보며 차근차근 눌렀다.

…기계는 정상적으로 작동되기 시작했다.

그제와 똑같이 아무런 이상 없이. 독서준이 부쉈던 것이 심장이 아니었다는 듯이.

격리된 공간에 독시현이 생겨났다. 이제 열쇠를 찾고 문을 열면 됐다.

"여기는….”

그 방법을 기억하고 있었다면.

심장이 없으면 살아갈 수 없다. 하지만 위험을 감지하는 능력이 없다가 죽지는 않는다.

불을 무서워하지 않을 수는 있다. 활활 타는 불 안에 손을 집어넣는 것은 다른 영역이었지만.

지금 독시현은 불 안에 손이 아닌 몸 전체가 들어간 느낌.

독서준이 부숴버린 것은 타임머신의 안전장치로 예상치 못한 상황에 대비하여 준비한 최종적인 방어선이었다.

안전 장비 없이 타임머신을 탄 독시현은 어떤 벌을 받더라도 그 고통을 감내해야 했다.

설령 자신의 이름을 제외한 모든 기억을 잃어버린다고 하더라도.

이름을 제외한 그 무엇도 기억나지 않았다.

계속해서 반복되는 이 이상한 공간이 무엇인지. 이곳에서 나가기 위해서는 어떻게 해야 하는지.

이곳에 있는 것은 용도를 알 수 없는 동그란 기계와 그 안에 들어 있는 여러 권의 소설뿐이었다.

이서아라는 이름의 주인공으로 진행되는 사랑 이야기.

결말도 제대로 보지 못한 이 소설에 불만이 생긴 독시현은 책을 다시 가방에 넣고는 기계 밖으로 나왔다.

딱히 긴장되거나 패닉이 오지는 않았다. 그저 어떻게 하면 여기서 빠져나갈 수 있을지만을 고민할 뿐이었다.

독시현은 혹시나 숨겨진 통로가 있을까 해서 공터에 있는 물체들을 옮겨보았다. 그렇게 모든 물건을 한 번씩 만져봤을 때, 모든 물건이 원래의 위치로 돌아가는 것을 그녀는 목격했다.

그것으로 힌트를 얻은 독시현은 계속해서 물건의 위치를 바꾸기를 반복했다.

그렇게 열쇠가 생기고, 열쇠 구멍을 찾기 위해 계속 뒤지다 보니 어쩌다 문이 생겨 그곳에서 나올 수 있었다.

소설책이 들어 있는 가방을 챙기고는.

"나오기는 했는데…."

이곳이 어디일까.

학교 주변으로 보이는 이곳은 꽤 많은 사람이 오가고 있었다. 땅바닥에는 쓰레기들이 널려 있었으며 자동차에서 나오는 매연과 지나가는 사람들의 담배 냄새는 코를 막고 인상을 찌푸리게 했다.

이곳이 어딘지는 모르겠지만 일단은 이곳에서 나가고 싶었다. 독시현은 사람들이 지나지 않는 좁은 골목으로 들어갔다.

사람 한 명 겨우 들어갈 수 있는 정도의 골목에는 아무도 관심이 없는지 이곳에서까지 담배를 피우는 사람은 없었다.

- 툭.

현재 일어난 상황에 대해 정리하려는 독시현, 그런 그녀의 발치에 무언가가 부딪혔다.

허리를 숙여 무엇인지를 확인했다. 방금 버려진 것 같은 먼지 하나 묻지 않은 책. 독시현은 책을 펼쳐 내용을 읽어보았다.

"…방금 읽은 소설책이네."

소설에서 가장 지루하게 읽은 부분. 고등학생인 주인공이 자신의 꿈도 없이 아무런 목적 없이 그저 고등학교에만 다녔던 부분.

하지만 폭풍전야처럼 이후에 남자 주인공이 나와 이야기가 진행되니 꼭 필요한 부분이라곤 생각했다.

"근데 누가 잃어버린 거지?"

무의식적으로 책을 들고는 골목에서 빠져나왔다. 주위에 이것을 찾는 사람이 있는지 확인해 보았다.

하지만 모두 땅을 바라보며 걸으며 주위를 살피고 있지 않았다.

저쪽에 있는 의자에 책을 놓고 와야겠다. 생각하고 독시현은 다리를 움직였다.

그때였다.

"혹시 너가 이걸 찾아준 거니?"

"예? 아…. 네."

주인으로 보이는 사람이 독시현의 어깨를 두들기며 말을 걸었다.

이 사람이 진짜 이 책의 주인인지 아닌지는 몰랐다. 하지만 어차피 의자 위에 둘 것, 이 사람에게 줘도 상관없다는 생각이 들었다.

책을 건네받은 사람은 기쁘다는 표정과 안심했다는 표정을 동시에 지었다.

순간적으로 궁금증을 못 참은 독시현은 질문을 했다.

"이 책이 뭐길래 그런 표정을 지어요?"

"내 표정? 앗! 무심코…."

"평범한 소설 같은데…."

"소설? 이건 내 일기야. 애초에 나는 소설 같은 건 못 읽고."

"네? 이게 일기라고요?"

"맞아, 일기. 봐봐, 여기 날짜도 적혀 있고 그러잖아."

"…그렇네요."

독시현은 기억을 잃었다.

하지만 천재적인 머리를 잃은 것이 아니었다.

"혹시 이름이 어떻게 되세요?"

"나? 이서아야."

그녀의 대답을 들은 즉시.

"어? 저기 사고 나겠다!"

"어디? 헉, 진짜네?!"

이서아를 독서준에게 보냈다.

보내야만 했다. 자신이 사라지지 않기 위해서라도.

- 빠아앙!!!

이서아가 독서준을 구했다.

그것을 확인한 독시현은 재빨리 모습을 감추며 생각을 정리했다.

어째서인지 같은 일기장이 같은 시간대에 2권이 존재하고 있었다.

아니, 독시현이 가지고 있는 것은 일기 따위가 아니었다.

미래를 보여주는 예지의 서. 그렇게 말해도 전혀 과언이 아니었다.

그렇다면 왜 자신이 여기 있는 걸까.

그건 이 일기의 결말을 보면 알 수 있었다.

자신은 이서아와 독서준의 아이. 이서아는 독시현을 낳으며 사망하게 됐다.

아마 그 후로 독서준이란 아버지에게 사랑받지 못하고 자라왔을 것이었다. 그렇기에 과거를 바꾸어 보기로 한 것이었다.

과거는 2가지의 방향으로 바꿀 수 있었다.

이서아와 독서준을 아예 만나지 못하게 하는 방법 하나. 그러나 이건 자신이 태어나지 못할 가능성이 생겼다. 기억을 잃기 전이라면 모르겠지만 지금은 아니었다. 이 재미있는 과거를 버리고 죽고 싶지 않았다.

그렇다면 남은 것은 당연히 이서아가 죽지 않게 만드는 미래뿐.

그렇다고 해서 직접 알려줄 수는 없었다. 사소한 간섭이 미래를 크게 바꾸어 버릴 수도 있었으니까.

그렇기에 독시현은 몰래 이서아의 집에 침입했다. 일기에는 이서아가 사용하는 비밀 입구들이 상세하게 적혀 있어 편하게 들어갈 수 있었다.

그리고는 잠겨 있는 서랍 안에 일기를 모두 집어넣었다.

잠겨 있던 서랍을 어떻게 연 지는 비밀. 착한 방법은 아니었으니까.

어차피 일기의 내용은 다 외웠으니 앞으로도 필요 없었다.

일기에는 저 서랍을 죽을 때까지 한 번도 열지 않았지만, 이번 생에는 반드시 열게 할 것이었다.

그 후로는 약간은 스토커처럼 저 둘의 곁을 언제나 따라붙었다.

처음으로 간섭한 것은 둘이 첫 데이트를 하러 갔을 때. 아무리 자신의 어머니였지만 너무나 답답했다.

저녁 메뉴 하나를 정하지도 못한다니. 뭐 처음이니 어쩔 수 없었나.

독시현은 독서준이 화장실을 간 타이밍에 맞춰 이서아에게 접근했다. 별 대단한 일은 아니었다. 애초에 이건 일기에도 적혀 있었다.

자신이 아니었어도 누군가는 했을 일. 지금 생각해 보면 이걸로 미래가 바뀌는 것은 아니겠지? 생각해 보았지만 이미 저질러 버린 건 주워 담을 수 없었다.

행복하다는 듯이 햄버거를 먹는 둘을 보며 괜한 안도감을 느끼는 것이 최대였다.

두 번째로 만난 것은 자신의 아버지가 혼자서 책을 읽고 있을 때. 단순한 호기심이었다.

일기에는 이서아의 상세한 감정까지 모두 적혀 있었다. 하지만 독서준의 감정 따위 알 수 있는 방법이 없었다.

그렇기에 직접 물어보았다. 시원하게 대답하지 못한 것을 보면 아직 자신의 감정을 인지하지 못한 듯 보였지만 얼마 지나지 않아 깨달을 것이었다.

이 감정이 누군가를 좋아하고 있는 감정이라는 것을.

이후에는 둘에게 그리 큰 간섭을 하지 않았다. 독서준과 이서아가 다니는 학교에 둘이 사귄다는 소문을 내거나 하는 등의 사소한 큐피드의 화살 역할만을 자처했다.

둘이 졸업하는 날, 계약 연애가 지금 끝난다는 것을 알고는 있었지만, 그것을 눈으로 직접 확인해 보니 사이다를 아무리 들이 마셔도 속이 뚫리지 않았다.

왜 서로서로 좋아하면서 고백하지 않는 것일까.

하지만 이 시기가 가장 중요했던 시기. 지금까지의 노력이 모두 물거품이 될 것을 알았기에 어쩔 수 없이 멀리서 지켜보기만 했다.

그러나 둘이 다시 사귀게 되는 동창회의 날.

독서준은 그곳으로 가려는 낌새가 전혀 보이지 않았다. 이서아의 모습은 매우 초조해 보였지만.

이건 자신 때문에 미래가 바뀐 것이었다. 그럴 수는 없었다. 오늘 독서준과 이서아는 반드시 만나야 했다.

선택해야 했다. 어쩔 수 없었다. 이것이 최선의 선택이었다.

독서준에게 타임머신을 사용했다. 기계에 타지 않은 채로 사용하는 타임머신. 사실상 시간은 멈추지 않고 장소만을 옮긴 것이지만 그것만으로 막대한 에너지를 사용했다.

독시현이 현재로 갈 수 있는 에너지까지 전부 포함해서.

그래서 결단을 내리기 어려운 것이었다. 하지만 독시현은 고른 것이었다. 자신보다 이후에 태어날 자신이 더 행복해지기를.

하지만 타임머신은 고장 나 있었다. 독시현은 독서준에게 가는 부작용을 모두 받아냈다. 자신에게 못되게 군 아버지를 살려주는 꼴이 되는 것이지만 새로운 미래를 위해서, 열리지 않을 가능성을 위해서.

다행히 독서준과 이서아는 만날 수 있었다.

미래의 독시현에게 최고의 판단이었다. 후회 없는 선택이었다.
그렇게 현재 시간대의 독시현이 한 명이 되었다.

이서아가 죽은 채로.

현재의 독시현은 타임머신을 만들었다.
반대하는 독서준을 뒤로하고 과거로 돌아갔다.
이서아에게 일기를 찾아주었다.
맛집을 알려주었다.
독서준의 감정을 물어보았다.
학교에 소문을 내보았다.
답답한 감정을 미래를 위해 참았다.
일기와 다르게 행동하는 독서준을 위해 자신의 목숨을 희생하며 둘을 만나게 해주었다.
미래의 독시현을 대신하여 독시현이 태어났다.

사랑했다, 자신의 부모님을.
후회하지 않았다, 자신의 선택을.
몇 번이 반복되든, 반복할 것이었다.
알 수 없는, 굴러가는 쳇바퀴 속에서.

다시 만나러 갈게

반복되는 세계에서
 언제나 사랑할게

초판 1쇄 발행   2024. 2. 27.

지은이 김현호
펴낸이 김병호
펴낸곳 주식회사 바른북스

편집진행 김재영
디자인 배연수

등록 2019년 4월 3일 제2019-000040호
주소 서울시 성동구 연무장5길 9-16, 301호 (성수동2가, 블루스톤타워)
대표전화 070-7857-9719 | **경영지원** 02-3409-9719 | **팩스** 070-7610-9820

•바른북스는 여러분의 다양한 아이디어와 원고 투고를 설레는 마음으로 기다리고 있습니다.
이메일 barunbooks21@naver.com | **원고투고** barunbooks21@naver.com
홈페이지 www.barunbooks.com | **공식 블로그** blog.naver.com/barunbooks7
공식 포스트 post.naver.com/barunbooks7 | **페이스북** facebook.com/barunbooks7

ⓒ 김현호, 2024
ISBN 979-11-93879-08-5 03810